FRED VARGAS

Von der Liebe, linken Händen und der Angst vor leeren Einkaufskörben

aufbau

Fred Vargas ist heute die bedeutendste französische Kriminalautorin und eine Schriftstellerin von Weltrang, übersetzt in über 40 Sprachen. Mit diesem charmanten Büchlein über das Wesen des Unnötigen und des Nichtstuns setzt sie – wie schon mit *Vom Sinn des Lebens, der Liebe und dem Aufräumen von Schränken* – einen originellen Kontrapunkt zu ihren Krimis. Augenzwinkernd und ernsthaft zugleich unternimmt Fred Vargas in einer bunten Folge von Gedanken, Bildern, alltäglichen Situationen den Versuch, das »monströse Knäuel des Lebens« zu entwirren und den Schlüssel zum Glück zu finden.

In deutscher Übersetzung liegen im Aufbau Verlag vor:

Kriminalromane mit Kommissar Adamsberg
Es geht noch ein Zug von der Gare du Nord
Bei Einbruch der Nacht
Fliehe weit und schnell
Der vierzehnte Stein
Die dritte Jungfrau
Die schwarzen Wasser der Seine
Das Zeichen des Widders (Graphic Novel)
Der verbotene Ort
Die Tote im Pelzmantel (Graphic Novel)
Die Nacht des Zorns

Kriminalromane mit den »drei Evangelisten«
Die schöne Diva von Saint-Jacques
Der untröstliche Witwer von Montparnasse
Das Orakel von Port-Nicolas

Andere
Im Schatten des Palazzo Farnese

Essay
Vom Sinn des Lebens, der Liebe und
dem Aufräumen von Schränken

FRED VARGAS

Von der Liebe, linken Händen und der Angst vor leeren Einkaufskörben

Aus dem Französischen
von Waltraud Schwarze

aufbau

Die Originalausgabe unter dem Titel
Critique de l'anxiété pure
erschien 2003 bei den Éditions Viviane Hamy, Paris

FSC
www.fsc.org
MIX
Papier aus verantwortungsvollen Quellen
FSC® C083411

ISBN 978-3-351-03553-2

Aufbau ist eine Marke der Aufbau Verlag GmbH & Co. KG

1. Auflage 2013

Einbandgestaltung hißmann, heilmann, Hamburg
unter Verwendung einer Illustration von
© Christie's Images/Bridgeman und VG Bild-Kunst, Bonn 2013
Satz LVD GmbH, Berlin
Druck und Binden CPI – Clausen & Bosse, Leck
Printed in Germany

www.aufbau-verlag.de

Für meine Zwillingsschwester, Jo Vargas

Ihr macht einen entspannten Eindruck, finde ich, wenn ich euch so ansehe.

Bleibt ganz entspannt, ich selbst aber, solltet ihr wissen, habe enorm viel Arbeit. Da sehe ich Leute, unbekümmert vor sich hin pfeifend, durch die Straßen schlendern und mal rechts, mal links einen Moment verweilen, während ich in ebendiesem Augenblick enorm viel Arbeit habe.

Ich hätte, unter uns gesagt, nichts dagegen, wenn ich sie loswerden könnte. Wenn ich sie kurz packen, an einen Baum binden und mich so schnell wie möglich aus dem Staub machen könnte. Und da sollte mich erst mal einer kriegen.

Doch ich kann nicht, ich habe zu tun.

Ich nehm's euch ja nicht übel, aber es ist ein wenig eure Schuld. Gewiss doch. Erinnert euch bitte, während ich pfeifend durch die Straßen laufe, beschäftige ich mich pausenlos mit eurem Leben und diesem und jenem. Während ich, die Hände in den Taschen, anscheinend herumbummle, wache ich über euch und mache mir Gedanken über eure Probleme, mit der rastlosen Beharrlichkeit eines Zugochsen, der stur und würdevoll seine Furchen zieht. Ihr müsst zugeben, ein nicht ganz alltäglicher Fall, da habt ihr Glück. Ich, nebenbei gesagt, auch, weil ich bei dieser Gelegenheit ja mich selbst im Blick habe, da uns am Ende alles Menschliche gemeinsam ist.

Diese kleine zoologische Übereinstimmung ist es übrigens auch, die mich auf den Gedanken brachte, mich mit den Sorgen anderer Leute zu beschäftigen.

Ein hartes Stück Arbeit, das mir erspart geblieben wäre, wenn die Natur, als sie sich über die Wiege der Menschheit beugte, uns die Gabe verliehen hätte, unsere Probleme auf freiem Feld unbemerkt fallen zu lassen, nie gesehen, nie gekannt. Oder sie auf einer Brache zurückzulassen. Oder sie nächtens in einen Gully zu stopfen, an ein Bahngleis zu ketten, unauffällig über die Reling zu werfen, nie gesehen, nie gehabt. Aber die Natur hat das nicht erlaubt. Vielleicht aus Gedankenlosigkeit, vielleicht aus Knickrigkeit oder auch um uns zu ärgern. Sinnlos, sich darüber noch aufzuregen, Fakt ist: Wir können unsere Probleme weder von uns werfen noch sie mit einer Metallsäge zerkleinern und in Müllsäcke stecken, um sie dann ganz diskret irgendwo in der freien Natur zu entsorgen. Ich kenne etliche Leute, die das versucht haben, sie waren voller Hoffnung, aber leider schlecht informiert über die Sitten und Gebräuche von Sorgen. Und wurden grausam enttäuscht.

So dass wir uns über eins von vornherein im Klaren sein sollten: Der Ärger lebt auf dem Menschen und pflanzt sich auf ihm fort wie unser räuberisches Insekt, der Floh. Ich weiß, manch einer unter euch würde gern den wahren Namen dieses Flohs erfahren und noch mehr über die Sitten und Gebräuche dieser kleinen Siphonaptera wissen. Doch ich zögere. Ich fürchte, die Sache führt uns zu weit. Eins immerhin lässt sich sagen, im Gegensatz zu unserem Floh, einem ja eher launigen Gesellen, der als Schmarotzer auch noch auf anderen Tierchen lebt wie dem Dachs oder dem Schakal, befällt der Ärger strikt nur den Menschen. Was, zugegeben, nicht gerade toll ist. Ich kenne Leute, die versucht haben, ihre Probleme einem Dachs aufzuhalsen, und sich die Zähne daran ausgebissen haben. Außerdem lässt sich, im Unterschied zum Floh, der Ärger nicht im Badewasser ersäufen. Dieses Hausmittel betäubt ihn nur vorübergehend. So viel zur Erinnerung an den wissenschaftlichen Kontext, um unsere Überlegungen etwas genauer abzustecken und zu begreifen, dass der Ärger sich von Natur aus und auf Dauer dem Menschen an die Frackschöße hängt, außer in so seltenen Augenblicken der Gnade wie der Liebe, die für sich allein schon ein enormes Problem darstellt.

Wir müssen unsere Probleme also zwangsläufig mit uns herumschleppen, am besten zu einem großen Bündel geschnürt und ans äußerste Ende eines Stocks geknotet. Diese zuverlässige bäuerliche Beförderungstechnik hat sich bewährt. Versucht es gar nicht erst mit dem Koffer, dem Karton, dem Handwagen, alles wenig flexible und für den Transport von Problemen ungeeignete Geräte. Bleibt beim Stock, locker über die Schulter gelegt nach der sogenannten »Wandervogelmethode«. Als Variante bietet sich an, die Probleme auf zwei Bündel zu verteilen und sie jeweils an einem Ende des Stocks zu befestigen, den man entweder auf einer Schulter trägt, »Wasserträgermethode« genannt, oder quer über beiden Schultern, das wäre die »chinesische Methode«. Die erste drückt auf den Trapezmuskel, die zweite reizt die Zervikalmuskeln. Ich halte mich an die Grundbegriffe, das ist wichtig.

Manche Leute sind schon auf den Gedanken gekommen, ihre Probleme einem Lasttier, einem Esel oder Ochsen, aufzuladen. Diese sogenannte »Satteltechnik« eignet sich zwar gut für Mehlsäcke, Weintrauben und Oliven, funktioniert jedoch überhaupt nicht bei Problemen, die sehr bald mitkriegen, dass sie auf einem fremden Wesen sitzen, und sich flugs wieder auf ihren angestammten Wirt zurückziehen, den Menschen, dem sie sich auf neurotische Weise verbunden fühlen. Diese tiefverwurzelte Anhänglichkeit des Problems, diese archaische und geradezu monomanische Treue hat durchaus ihre Schattenseiten. Vielleicht sollte ich an dieser Stelle nützlicherweise anmerken, dass das Problem in seinem Ursprung weit in die Geschichte zurückreicht. Wundervolle Exemplare, die sich in Gesellschaft von Mücken in fossilem Bernstein erhalten haben, konnten auf vier Millionen Jahre geschätzt werden. Was so viel heißt, als dass die Sache nicht erst von gestern datiert. Leider hat es seit seinem ersten Auftauchen so gut wie keine morphopsychologische Entwicklung durchgemacht noch ethische oder sexuelle Mutation erfahren. Könnte man nicht von einer Zukunft träumen, in der die Neo-Probleme unter Missachtung jeder Moral wie Schmetterlinge von einem Bündel zum andern gaukeln würden, uns eines schönen Morgens verließen, um zum Nachbarn zu flattern, und uns auf diese Weise mal eine wohltuende Atempause gönnten? Leider nein! Das Problem, konformistisch und reaktionär, zeigt keinerlei Neigung zur Veränderung.

Und seid vor der jahrhundertealten Versuchung gewarnt, euer Problembündel mal schnell gegen das eines anderen zu tauschen in der Hoffnung, dass dieses harmloser oder flexibler ist. Das hat manch einer schon schwer bereut. Denn der einzige Vorteil unserer eigenen Probleme liegt doch im langen Zusammenleben mit ihnen, bei dem wir gelernt haben, sie zu zähmen. So kommt es schon mal vor, dass wir dem einen oder anderen unserer Probleme befehlen können: Platz! Sitz! Ab in die Hütte mit eingezogenem Schwanz! Wenn ihr hingegen einem andern seine Probleme stehlt, kriegt ihr es mit einer unbekannten wilden Meute zu tun, versucht das bloß nicht. *Al contrario*, passt auf, dass euch nicht irgendwo im Gedränge, in einer weinseligen Nacht, im Bus, in einer Kriegspiroge, einem Café, alles Orte, wo ausgeflippte Spitzbuben sich mit Vorliebe herumtreiben, jemand euer Bündel klaut.

Wir sehen, der Ursprung der Probleme, ihre Evolution nach Darwin, ihre Beförderungsmöglichkeiten, ihre Handlichkeit, all das stellt ein schlichtweg faszinierendes Thema dar. Und ihr hättet gern, dass ich es noch weiter ausführe. Mache ich aber nicht. Denn alles bisher Ausgeführte stellt nicht mehr als eine zaghafte Annäherung an besagtes Bündel dar, eine akademische Abhandlung, die ich schon früher für ein viel ehrgeizigeres Ziel aufgegeben habe: die Rebellion organisieren, das Problembündel in die Luft jagen, es zerstören, in Schutt und Asche legen, zu Staub zermahlen, zertrümmern, sein Haupt auf eine Stange spießen. Genau. Beflügelt von der Hoffnung auf eine neue Welt, machte ich mich auf der Stelle an diese ebenso gottlose wie befreiende Aufgabe. Und dank der Hartnäckigkeit, mit der ich dabei zu Werke ging, gelang es mir, mit den kleineren Verdrießlichkeiten des Daseins wie der Liebe, der Metaphysik, dem Krieg, der Religion, der Kunst, dem Sinn des Lebens, dem Nichts spielend fertigzuwerden. Was mein eigentliches Bündel wesentlich leichter machte, das auf den bescheidenen Umfang eines Tischtennisballs schrumpfte, der ohne weiteres in eine Jackentasche passt. Wobei es auch nicht verboten ist, Tennis damit zu spielen, was bei einem Bündel undenkbar wäre. So hatte ich gleich zwei Fliegen mit einer Klappe geschlagen.

Dieser beispiellose Fortschritt bescherte mir Augenblicke heiterer Gelassenheit. Und sogleich keimte in mir der Gedanke, die beeindruckende Summe der von mir entwickelten Listen mit meinem Nächsten zu teilen. Was mir bisher schon enorm viel Arbeit gemacht hat, ich betone es, ich habe Blut und Wasser geschwitzt, um euch mit Engelsgeduld in den Gebrauch der Schlüssel einzuweisen, mit denen man die Probleme des Lebens in den Griff kriegt, vor allem das Problem der Liebe, das für sich allein schon eine geradezu betonharte Nuss ist. Und während ich mich abmühte, habt ihr mir manchmal nur zerstreut zugehört, doch, doch, ich erinnere mich genau. Allerdings bin ich auch der Ansicht, wer sich aus freien Stücken das Problembündel anderer Leute aufhalst, sollte sich nicht über zu viel Arbeit beklagen. Stimmt, das wäre ja der Gipfel.

Und so entstand, lebendig, bündig und geradezu revolutionär, der *Kleine Ratgeber zu einigen Wahrheiten unseres Daseins**, der Frieden und heitere Gelassenheit in euer Leben bringen sollte. Und der einiges Aufsehen erregte, das könnt ihr mir glauben. Das Resultat lässt sich sehen. Ihr macht einen entspannten Eindruck, der Magen hat sich entkrampft, das Herz beruhigt, die Stirn geglättet. Und in eurem Hosenbund, ich ahne es,

* Unter dem Titel *Vom Sinn des Lebens, der Liebe und dem Aufräumen von Schränken* im Aufbau Verlag erschienen.

steckt die kleine Schrift von damals, die euch so sicher an den rauen Klippen des Daseins vorbei in die spiegelglatten Buchten der Seelenruhe geleitete. Das also wäre getan, reden wir nicht mehr drüber, es liegt hinter uns, bedankt euch nicht, im Gegenteil, *ich* habe euch zu danken. Und so seht ihr mich, gekleidet in grobes Linnen und Sandalen, wie ich gemächlichen Schritts umherschlendere und aus den Augenwinkeln die Wohltaten betrachte, die wir eingefahren haben. Reiben wir uns still die Hände.

Dennoch mache ich mir Sorgen. Ich würde nämlich einen schweren Fehler begehen, wenn ich euch weiter so friedlich im Wasser planschen ließe. Ja, denn Glückseligkeit bringt in kürzester Zeit einen ebenso heimtückischen wie unauffälligen Feind hervor: die Langeweile. Seinerzeit habe ich kaum von ihm gesprochen, dazu waren wir viel zu sehr mit den Verwicklungen von Liebe und Metaphysik beschäftigt, ihr erinnert euch. Zu der Zeit wussten wir nicht, wo wir zuerst hinrennen sollten, wir stürzten scharenweise von einem Problem zum andern, verbanden Wunden in Eile, pumpten Toxine ab, räumten Hindernisse aus dem Weg, versetzten Berge, eine Heidenarbeit, die uns fünf Tage am Stück in Atem hielt. Doch die Langeweile, länger kann ich es euch kaum verbergen, ist eine derart korrosive Substanz, dass sie allein sämtliche Fundamente, Zapfen und Zapfenlöcher eures Glücks zerfressen kann. Die Langeweile ist für die Seligkeit, was die Mistel für den Apfelbaum ist, das heißt – ich übersetze für alle, die nicht das Glück haben, in der Normandie geboren zu sein –, was der Parasit für den Baum, was die Ratte für das Schiff ist. Die Langeweile ist die ultimative Bedrohung, ein überflüssiger, gefräßiger Dreck, den sich Satan persönlich an einem müßigen Abend ausgedacht hat, nachdem er zuvor alle Menschengegenden mit Kriegen überzogen hatte. Wenn ich »Satan« sage, dann aus Spaß, rein zum Vergnügen, denn ich habe euch ja unlängst bewiesen, dass es den Teufel nicht gibt, wodurch sich zwei Drittel unseres verfinsterten Horizonts schlagartig lichteten, erinnert euch. Doch ich bin ja da, und ich passe auf. Ich lasse die Langeweile nicht aus den Augen, die sich an eure dösenden Körper heranschleicht. Aber Gott sei Dank gibt es einen lieben Gott – und wenn ich »Gott« sage, so aus Spaß, denn die Frage haben wir bereits vor Zeiten gründlich ventiliert –, mithin auch Ablenkungen von der Langeweile, ziemlich viele sogar. Ein Schlüssel für jedes Schloss, wie ich euch seinerzeit zu eurer Beruhigung klarmachte.

Wir könnten hier in wenigen Sätzen etwas über den Ursprung dieser Ablenkungen sagen, die sich schon früh, bereits im Karbon, vom Zweig der Hymenoptera abgekoppelt haben, über ihre Evolutionsgeschichte laut Darwin, ihre verschiedenen Gattungen und Untergattungen, ihre Verwendbarkeit in der Praxis. Ich kenne euer neugieriges Wesen, ich weiß, das hättet ihr gern. Doch ohne euren Wissensdurst zügeln zu wollen, halte ich es nicht für sinnvoll, diese gerade entstehende Schrift in ein Handbuch der Paläontologie menschlicher Probleme und ihrer möglichen Zerstreuungen ausufern zu lassen.

Nein, an dem Punkt, an dem wir mit diesem kleinen Opus sind, halte ich es für sehr viel nützlicher, zunächst eine Idee zu finden. Ein ausgezeichneter Plan, ich schlage die Sache vor, ich starte das Projekt. Ein umso geeigneteres Projekt, als die Idee ein wirksames Gegengift für die Langeweile ist, vielleicht das mächtigste überhaupt, ein geradezu eherner Schild. Und jeder kann sich daran beteiligen. Wobei ich persönlich bereits eine Idee habe, das sei gesagt. Aber ich bin ein Mensch von offenem Wesen, ich bin für die Beteiligung aller. Und ich sehe nicht, warum die Idee für ein Buch zwangsläufig vom Autor kommen muss und nicht vom Leser. Immerhin handelt es sich um ein gemeinschaftliches Werk, es wäre darum nicht fair, alles einem Einzelnen aufzubürden. Also schreibt eure Idee auf einen Zettel und steckt ihn in die Urne. In einer Viertelstunde machen wir uns ans Auswerten, mehr Zeit braucht es nicht. Und wenn ich »Idee« sage, so meine ich ebenso gut einen »Stoff«, ein »Thema«, einen »Inhalt«, alles Bausteine, die sich problemlos ineinanderfügen. Also lasst eure Ideen hören, redet frei von der Leber weg.

In begrenztem Umfang. Denn es geht hier nicht darum, dass ihr mir eine Idee für das heutige Abendessen andreht und was genau wir eigentlich essen könnten (obwohl ich euch für ein wenig Unterstützung in diesem Punkt dankbar wäre). Nein, es handelt sich darum, mir eine Idee für ein Buchthema zu liefern, wir spielen hier doch in einer ganz anderen Liga.

Aber keine Sorge, an Themen herrscht kein Mangel, die wachsen wie Unkraut, das ist ein Glück. Und da wir schon alle Freiheit haben, peilen wir doch gleich etwas ganz Besonderes an, was meint ihr? Nehmen wir uns ein schwieriges, handfestes, nach Möglichkeit unerschöpfliches Thema vor. (Und ich glaube, genau so eins habe ich zufälligerweise.) Lassen wir Themen fallen, die nur Schein und Bling-Bling sind und sich allenfalls für einen Smalltalk eignen. Ich bin entschieden gegen Smalltalk, ich denke, das habt ihr begriffen, schon gar, wenn es bei der Sache um ein Buch geht. Suchen wir nach tiefgründigen, ja abgründigen Themen, solchen, die echtes Nachdenken erfordern, also Arbeit bedeuten. Wenn möglich, kolossal viel Arbeit. Je kolossaler der Arbeitsaufwand ist, desto mehr schwindet die Langeweile. Leider sind derlei Themen nicht leicht zu finden, sie machen sich rar wie das Edelweiß im Hochgebirge, wie der Quastenflosser in den ozeanischen Tiefen. Nur wirklich hartnäckige Naturen können hoffen, ihrer habhaft zu werden. Ich selbst habe zwei Jahre gebraucht, den seltenen Vogel aufzuspüren, und das war ein Kreuzesweg, kann ich euch sagen. Aber ich beklage mich nicht. Ich bin der Meinung, wenn jemand sich in den Kopf setzt, ein abgründig tiefes Thema zu suchen, ohne dass ihn irgendein Mensch dazu gezwungen hat, sollte er sich lieber nicht beklagen. Das wäre ja der Gipfel.

Die Bequemen, die Sprunghaften, die Maßlosen will ich gleich beruhigen: Auch die Verknüpfung flüchtiger kleiner Themen, die man aufs Geratewohl hier und da zusammengeklaubt und irgendwie aneinandergereiht hat, ergibt eine ganz passable Verteidigungsstrategie gegen die Langeweile, wenn allerdings auch ungeeignet für die Literatur. Das sage ich aus

Beobachtung, nicht aus eigener Erfahrung, da ich durch meine rigorose Veranlagung kaum zu solcherart intellektueller Schamlosigkeit neige, das könnt ihr euch sicher denken. Ich gehöre nicht zu den Leuten, die bis zum Morgengrauen über alles und nichts schwafeln können. Ich wäge meine Worte, ich rede wenig, und wenn ich spreche, dann aus gutem Grund. (Beeilt euch, eure Zettel in die Urne zu werfen, ihr scheint mir nicht sehr bei der Sache zu sein.) Ich habe auch nichts mit Witzbolden, Schmierenkomödianten oder Schaumschlägern zu tun, die sich forsch in jedes Unternehmen stürzen, ohne überhaupt eine Idee zu haben, die aufs Geratewohl ihre Pirouetten drehen, ohne Netz noch Thema, einzig zu dem Zweck, sich ein wenig zu unterhalten. In diesen Dingen verstehe ich nicht viel Spaß, das gebe ich zu. Schon gar nicht, wenn es sich um die Idee zu einem Werk handelt. Und da wir gerade davon reden – ihr drängt mich ja regelrecht –, ich denke, wer so ein Opus verfassen wollte und ohne Sinn und Verstand einfach drauflosquasseln würde, der täte etwas Nichtswürdiges. Reiner Dilettantismus wäre das, und den verurteile ich. Darin bin ich eisern, geradezu stur. Vielleicht ein bisschen zu sehr.

Ihr enttäuscht mich.

Die Urne ist leer.

Man kann nicht gerade sagen, dass ihr mir sehr helft, ehrlich. Ihr bringt mich in die schreckliche Lage, dieses Opus allein verfassen zu müssen, was eine Heidenarbeit bedeutet. Mit anderen Worten, ihr halst mir alles auf, das ist gar nicht christlich.

Doch da wir nun schon an dem Punkt sind, ist es ein unverhofftes Glück, dass ich schon ein Thema habe. Ein glücklicher Zufall, der wie gerufen kommt, damit sind wir aus dem Schneider. Denn was würde sonst aus unserem Werk? Es ginge geradewegs den Bach runter.

Aber sicher habe ich ein Thema. Und, da könnt ihr mir vertrauen, kein modisches Blabla, das ich mir für den Anlass schnell zusammengebastelt hätte. Nein. Es ist ein handfestes Sujet, anspruchsvoll, ehrgeizig, unverzichtbar. Das werden wir uns gründlich vornehmen. Ohne auf die Uhr zu sehen.

Welches Thema?

Halt. Nicht so schnell.

Bedenkt, in diesem Augenblick, da ich mit euch spreche, treibt ihr total entspannt, geradezu aufgeweicht im leisen Geplätscher der Bucht. Und ich glaube, euch in dieser Verfassung ein so kompaktes Thema wie das meine einfach so hinzupfeffern, würde einen viel zu großen Schock für euch bedeuten. Ich halte es für feinfühliger und vor allem klüger, die Sache aufzuschieben und schrittweise an euch heranzutragen.

Halten wir zunächst einmal fest, dass die Natur in ihrem Hang zum Unendlichen nicht vorgesehen hat, dass wir irgendwo an einen Schlusspunkt gelangen. Ihr habt sicher bemerkt, dass, sobald etwas *hinter* uns liegt, sich auch *vor* uns schon wieder etwas abzeichnet, und immer so weiter. Zerbrecht euch nicht den Kopf darüber, ich sage euch die Antwort, dieses irritierende Phänomen nennt sich das Leben. Und ohne euch in der Abgeschiedenheit eurer Bucht aufstören zu wollen, erlaube ich mir, euch darauf hinzuweisen, dass just das Leben da vor uns liegt. Ja, so ist es, *c'est la vie.* Seht doch selbst hin, wenn ihr mir nicht glaubt. Ich verlange ja nicht viel von euch, nur dass ihr mal kurz den Kopf zum Horizont hin wendet, statt immer nur selig in den Himmel zu starren. Eine Vierteldrehung nach rechts, damit ihr den Horizont ins Visier kriegt. Genau so.

Ich sehe, niemand rührt sich, euer Gleichmut freut mich, wie er mich andererseits ernsthaft beunruhigt. Es war höchste Zeit, einzuschreiten. Ja, denn Gelassenheit führt zu Langeweile, also zu Melancholie und in der Konsequenz zu Angst. Ihr seid mir viel zu entspannt. Ich glaube, ihr habt ein etwas übersteigertes Vertrauen in die Wohltaten des *Kleinen Ratgebers* gesetzt. Nicht dass ich auch nur ein Wort davon verleugnen würde, aber immerhin. Habt ihr, so frage ich mich, es mit dem Bändchen vielleicht ein wenig übertrieben? Gewiss, ich hatte euch seinerzeit wärmstens geraten, es beim geringsten Zweifel, der unerwartet in eurem Dasein auftauchen sollte, zu konsultieren, aber möglicherweise habt ihr *zu viel* darin gelesen. Und planscht nun dort in einem beängstigenden Zustand von Gelöstheit im blauen Wasser herum.

Ich mache euch keinen Vorwurf, ich versuche euch nur sanft an den Schultern zu rütteln. Ich fürchte, ihr habt dieses kleine Kompendium etwas exzessiv genutzt und ein unverhältnismäßig hohes Vertrauen in mich gesetzt. Tut so was nie! Hört niemals blindlings auf den ersten Besten, selbst wenn ich dieser erste Beste wäre. Außer, das versteht sich von selbst, wenn ich euch sage, dass ich ein Thema habe. Logisch. Ein echtes Thema, zumal mit einer Idee dahinter, einer ehrgeizigen Idee, so schwer zu finden wie das Edelweiß in den ozeanischen Tiefen. Wenn manche Leute glauben, das erstbeste Thema unterm Busch auflesen zu können nach dem Motto, dass der Teufel in der

Not Fliegen frisst – bitte schön. Mein Ding ist das allerdings nicht. Darin bin ich eisern.

Ganz nebenbei, ich weiß nicht, wie man dieses Problem mit dem »ersten Besten« in sprachlicher Hinsicht lösen könnte, denn es ist ja keine sehr glückliche Formulierung. Genauso verhält es sich mit dem ätzenden »Ich geh mal ins Café einen Kaffee trinken«, das ich in vier Jahren Forschung nicht habe lösen können und das mit vielen anderen unerledigten Angelegenheiten in der Schwebe verblieben ist. Ich kann schließlich nicht alles lösen, und das ist nur eines unter tausend Beispielen. Doch sosehr diese kleinen Formulierungsnöte einen auch nerven, ich habe keine Sekunde Zeit, mich ihnen zu widmen. So ist es nun mal. Denn ich habe ein Thema zu behandeln, ein ehrgeiziges, anspruchsvolles Thema, das meine ganze Aufmerksamkeit verlangt. Wenn ihr euch jetzt davonmachen wollt unter dem Vorwand, dass ich nicht *alles* lösen kann, bitte, es steht euch frei. Dann hättet ihr euer Geld aus dem Fenster geworfen, als ihr dieses Buch kauftet, aber diese unbesonnene Geste, die im Übrigen einer gewissen Poesie, ja Anmut nicht entbehrt, geht allein euch etwas an. Ihr seid widerspenstig, auch das gehört zur Freiheit, ich habe nichts dagegen. Ich bin nicht dagegen, dass man ein Buch wegwirft, solange man es mit Grazie tut und schon gar in einer blauen Bucht unter milder Märzsonne. Erinnert euch, dass ich die Freiheit des anderen in einem Maße achte, das man sich kaum vorstellen kann, ja, ich frage mich, ob ich es mit dieser Haltung nicht übertrieben habe, ob diese außergewöhnliche Achtung mir nicht mitunter sogar von Nachteil gewesen ist. Aber darauf kommen wir vielleicht noch zurück, jetzt erst mal die anderen, danach ich, das sag ich doch immer.

Ich kehre zu euch zurück, wie ihr da träge auf den Wellen des Behagens schaukelt, nicht mal fähig, eure Nase zum Horizont zu drehen, und auch euren kritischen Verstand habt ihr in einem Maße eingebüßt, dass es mich ängstigt. Nein, ich ängstige mich nicht, das liegt nicht in meiner Natur, aber dennoch. Seid vorsichtiger, mit dieser Arglosigkeit bringt ihr's nicht weit. Ihr habt doch schon ein Weilchen gelebt, verdammt, passt auf, wo ihr den Fuß hinsetzt, tragt immer euren Freien Willen (FW) bei euch, fest vertäut am Hosenbund, und gebraucht ihn. Ich bestehe darauf, mit Verlaub: Wenn ihr das Gefühl habt, irgendein übermächtiger Einfluss bricht über euch herein, ihr verliert den Faden eurer Gedanken und eure Urteilsfähigkeit, dann tretet schnell ein Stück zurück und geht erst mal ins Café einen Kaffee trinken (ohne euch auch nur eine Sekunde bei besagten stilistischen Belanglosigkeiten aufzuhalten, wir klären das später). Und sobald ihr im Café seid, entspannt euch, setzt euch mit weit ausgestreckten Beinen an einen Tisch, verschränkt die Hände im Nacken und holt euren FW hervor. Das Ding vergesst bitte nie, diese List des Augenblicks, wir sind gerade noch mal an der Katastrophe vorbeigeschrammt. Es hat gravierende Folgen, wenn man seinen Freien Willen einbüßt. Schlendern wir ohne ihn durch die Gegend, hängen wir, die Hände in den Taschen, einfach herum, schon schießt unser Tiefinnerstes (TI) wie eine hirnlose Flipperkugel aus uns heraus, bereit, unseren Nächsten zu lynchen, aber ja doch, da könnt ihr mir aufs Wort glauben, genauso läuft es. Doch nehmen wir ein heimtückischeres Beispiel: Treibt nur mal ohne euren FW auf dem Wasser, fern allen Küsten, allen Themen, gebt euch hemmungslos eurem Glücksgefühl hin, und die Langeweile wird nach euch schnappen wie ein Hammerhai. Ich erinnere euch beiläufig daran, dass der Hai ein Fisch ist und kein Säugetier, im Unterschied zum Wal, aber lassen wir das, ihr seid nicht in der Lage, das zu verarbeiten. Was ein bisschen schade ist, denn der Hai gehört zu der ziemlich engstirnigen, ziemlich bornierten, doch wenig bekannten Spezies der Knorpelfische – welch wundervolles Thema, das uns da verlorengeht, wie auch eine schöne Gelegenheit, uns zu bilden. Das Thema ist faszinierend, und wir hätten es gründlich beackern können, ohne uns einen einzigen Moment zu langweilen.

Ihr seht an diesem Beispiel, dass es an Themen nicht mangelt, ich habe euch da nichts vorgemacht. Die Ideen schießen wie Pilze aus dem Boden, man braucht sich nur zu bücken, um sie einzusammeln. Touristenmethode, die ich gleichwohl verurteile. Ich habe große Achtung vor Ideen, darum mag ich es überhaupt nicht, wenn man sich ihnen gegenüber benimmt wie einer, der alles anfassen muss, der trinkt, ohne dass er Durst hat, der in allen Gärten wildert. So was stört mich. Wo kommen wir auf die Weise hin? Schlicht und einfach zum Dilettantismus, anders kann ich das nicht nennen. Zur Oberflächlichkeit, zur flächendeckenden Inkompetenz. Und zu nichts Geringerem als dem Tod der Literatur. Das stört mich. Persönlich bin ich nicht mal betroffen, denn ich habe das große Glück, im Besitz einer Idee zu sein, einer Idee einschließlich Thema, wohlgemerkt, und die habe ich nicht auf die Schnelle irgendwo im Gelände aufgelesen, das könnt ihr mir glauben. Es handelt sich um ein ehrgeiziges, anspruchsvolles Thema. Vielleicht sogar ein zwingendes. Ich erkenne es mit nahezu erschreckender Klarheit. Seine Umrisse beginnen sich abzuzeichnen, bald können wir es benennen. Das aber ist eine sehr gute Nachricht, die beweist, dass es still und leise vorangeht mit unserem Werk.

Ah, es tut sich was. Ihr beruhigt mich. Ich sehe, ihr bindet euch mangels Hosenbund euren FW fest um die Hüften, denn ihr seid ja überdies nackt wie die Würmer und richtet euren arglosen Blick endlich auf den Horizont. So mag ich's schon lieber, nun können wir uns an die Arbeit machen und den Boden gründlich beackern. Denn was seht ihr da direkt vor euch aufziehen? Das Leben natürlich, da haben wir's, ich hatte euch ja gewarnt, es ist das Leben, grüßen wir es beiläufig. Von Langeweile keine Rede mehr, damit hätten wir schon mal eine große Klippe umschifft. Denn das Leben ist keine plätschernde Bucht, erzählt keinen Blödsinn. Außerdem muss ich euch sagen, dass die Bucht, die ihr euch auserkoren habt, kein Goldfischbecken ist, weit gefehlt. Solcherart kreisförmige Bassins gibt es für Menschen nicht, dagegen kann man nichts machen, das ist ärgerlich, ich weiß. Diese Bucht, eure Bucht, ist nichts in sich Geschlossenes. Schlimmer noch, sie öffnet sich auf etwas. Worauf? Auf das Meer, die offene See und folglich auf alle Kontinente dieser Erde. Es tut mir leid, wenn ich eure Illusion zerstöre, aber das ist die nackte Wahrheit. Schreit nicht, das kriegen wir alles hin.

Die offene See und die Kontinente, mit anderen Worten: das Leben.

Besser also, ihr zieht euch schnell wieder an, baden werden wir ein andermal, wenn ihr zur Besinnung gekommen seid, schnappt euch euren Freien Willen (FW) und euer Tiefinnerstes (TI), denn wir haben allerhand zu tun. Das Leben mit seinen fünf Kontinenten und sechs Milliarden Menschen darauf, die keineswegs alle den toten Mann machen, im Gegenteil. Die Summe der Probleme, die diese fünf Kontinente erdrücken, ist für eine einzige Menschenseele nicht fassbar, das hat die Natur eigens so eingerichtet, um uns nicht auf Schritt und Tritt damit zu belasten. Eine unfassbare Summe von Problemen, die sich aber gleichwohl auf unsere Häupter entladen kann, wenn wir nicht aufpassen, eben weil unsere Bucht zu der Seite hin offen ist, überlegt doch mal einen Augenblick. Schreit nicht, wir kriegen das alles hin, was glaubt ihr sonst, warum ich euch mitten aus tiefster Seelenruhe wecke?

Unglaublich, wie sehr dieser lange Aufenthalt im Wasser euch aufgeweicht hat, ich hatte euch sehniger in Erinnerung. Ich bedaure nichts, ich sage bravo!, doch alles zu seiner Zeit, so ist das Leben. Nein, man kann keine gewaltige Befestigungsanlage aus Stahlbeton um unsere Bucht bauen, um sie vor den Problemen der fünf Kontinente zu schützen, das steht außer Frage. Es ist nicht nur technisch unmöglich und moralisch verwerflich, es wäre auch extrem gefährlich: Es würde sich im Zentrum eurer Bucht sofort ein Strudel bilden, aus dessen Tiefe, wo sie so lange gehockt hat, die Langeweile wie ein Torpedo emporschießen und rundweg alles verschlingen würde, eure Liebe, eure Zerstreuung, den Sinn eures Lebens und eure Metaphysik. Ich sehe, wir verstehen uns, allmählich erkenne ich euch wieder, trocknet euch die Haare, erkältet euch nicht, noch haben wir keinen Sommer. Ganz beiläufig mache ich euch darauf aufmerksam, dass ihr vollkommen nackt seid. Nein, es stört mich nicht, wenn es euch nicht stört, mich stört es nicht, dieses unschuldige Wortspiel entbehrt nicht einer schlichten Poesie, aber wir haben heute den 17. März, und noch sind wir vor einem neuerlichen Kälteeinbruch nicht sicher.

Nun werdet ihr leicht nervös, das ist verständlich: Ich reiße euch aus eurer individuellen Beschaulichkeit und drehe euer Kinn zu den Sorgen dieser Welt, die euch ein bisschen egal sind, seid doch mal ehrlich. Aber begreift, wenn ich euch von den Sorgen dieser Welt spreche, dann spreche ich von euch.

Ah, ihr seht, das Thema ist nicht belanglos. Ich spreche von euch, genau. Die Sache beginnt euch zu interessieren, endlich spitzt ihr die Ohren, zieht euch an, wenn ihr inzwischen trocken seid, aber zieht euch warm an, wir verlassen die blaue Bucht. Wer noch barfuß ist, möge seine Schuhe anziehen, mir scheint, ihr seid es gar nicht mehr gewohnt. Ich kannte euch doch viel lebhafter. Eure Füße sind größer geworden? Das kommt vom Wasser. Die werden schon wieder normal, regt euch nicht auf. Schnürt die Schuhe, wir machen uns an die Probleme der Welt, jetzt dauert es nicht mehr lange. Belebt und gestärkt werdet ihr daraus hervorgehen, um einige neue Erkenntnisse reicher, verlasst euch drauf. Ihr werdet eine Menge Vorteile für euer eigenes Wohl daraus ziehen, nun vertraut mir doch endlich mal, verdammt. Nein, eure Liebesangelegenheiten vergesse ich nicht, die kriegen wir auch noch in den Griff, packt sie zusammengerollt in eure Rucksäcke.

Wie? Ihr fändet es besser, wenn ich die Sache allein erledigte, ohne euch hinzuzuziehen? Ich verstehe, ich kann mich sehr gut an eure Stelle versetzen. Aber darf ich euch daran erinnern, dass ich schon allein und in aller Eile ein Thema auftreiben musste, ohne die geringste Handreichung eurerseits? Dennoch beklage ich mich nicht, ich habe die Bürde auf mich genommen. Aber ihr denkt doch nicht etwa, dass ich auch noch alles Elend dieses Planeten allein einrenken werde? Ich will gern den Löwenanteil der Arbeit übernehmen, aber eine kleine Mitwirkung wäre mir schon sehr willkommen. Ich erinnere euch daran, dass es ja um euch und eure Glückseligkeit geht. Schließlich kann ich euch nicht in Stücke schneiden, um euch in einem großen Sack mit mir herumzuschleppen, ich sehe, das begreift ihr auf der Stelle.

Ob wir gleich heute damit anfangen müssen? Also, ihr macht mir Spaß. Richtet euren Blick entschlossen zum Horizont und seht: Dringende Angelegenheiten rufen uns, ihr seid nicht taub. Doch keine Panik, lasst uns in angenehmer Gesellschaft bleiben, und wir werden die Sache in weniger Zeit als nötig hinter uns bringen. Ihr werdet staunen, falls ihr nicht den irreparablen Fehler begangen habt und, vorschnell von Mutlosigkeit gepackt, dieses kleine Buch in die Bucht geschmissen habt. Ihr mögt die Vorstellung nicht sonderlich, mal richtig ranklotzen zu müssen? Ich auch nicht, aber was wollt ihr, die Arbeit türmt sich vor uns. Wenn niemand sich darum kümmert, wer dann?

Ich.

Was ich euch sagte. Und da ich ein bisschen Unterstützung brauche, ich *und* ihr. Das heißt also *wir.* Werft dieses kleine Buch nicht weg, das wäre ein folgenschwerer Irrtum für euer ganzes Leben. Wenn ihr auch demjenigen einen Gefallen damit tätet, der es am Ufer aufhebt. Denn das Dasein der Dinge endet nicht damit, dass man sich ihrer entledigt, ihr habt ja keine Ahnung. Das Leben der Dinge nach ihrem Tod, eine von der christlichen Theologie vollkommen vernachlässigte Frage, ist eine so komplexe Welt, dass ich euch rate, euch nicht ohne einen Führer, gegebenenfalls mich, hineinzuwagen. Ich hätte viel darüber zu sagen, denkt ja nicht, dass ich auf dem Gebiet nicht beschlagen wäre, im Gegenteil. Zumal es faszinierend ist. Aber wir können uns jetzt nicht dabei aufhalten, wir sind in Eile, beseelt von einem ehrgeizigen, anspruchsvollen Thema, auf das wir unterwegs rein zufällig gestoßen sind, was kann man dagegen schon machen. So ist das Leben halt mit seinen Unwägbarkeiten und seinen phantastischen Turbulenzen. Entspannt euch dennoch, wir brauchen uns nur gut zu organisieren. Und genau davon verstehe ich etwas, ihr habt Glück, seht ihr, denn die Schwarmorganisation ist nicht dem Erstbesten gegeben.

Ich spüre, ihr seid sprachlos, aber bleibt ganz ruhig, ich verliere meinen Faden nie, auf welches Thema auch immer wir unerwartet stoßen. Übrigens ist mir so, als hätte ich euch schon früher mal vage ein paar Takte dazu gesagt. Ich verliere meinen Faden nie und würde dies auch meinem ärgsten Feind nicht wünschen. Euch wie jedermann passiert es schon mal, dass ihr den Faden verliert, das ist menschlich. Ein Wort gibt das andere, ein Satz jagt den nächsten, das Gespräch zerfasert, der Gedanke schweift ab, unvermutet taucht etwas Neues auf, man weiß nicht mehr, wo man stehengeblieben war, so was ist doch liebenswert. Es ist das Leben, seine Spontaneität, seine Dynamik, das wunderbar Turbulente an ihm, bravo. Ich dagegen verliere den Faden nicht, niemals. Unwichtig, woher er kommt und wohin er führt. Ihr könnt euch nicht vorstellen, was das für Konsequenzen hat. Nie kann man sich entspannen, nie abschweifen, nicht mal ein paar wohlverdiente surrealistische Seitensprünge sind drin. Nein, denn da ist immer der Faden, der gebieterisch und mit der Strenge eines Zisterziensermönchs befiehlt, dass man ihn abwickelt. Der von einem verlangt, das ganze verfilzte Knäuel, das die Probleme des Daseins bilden, bis zum Fadenende zu entwirren, bis seine Verwandlung in eine glatte, weiche Garnrolle die Menschheit von ihren Sorgen erlöst und euch stärkt und entspannt. Ich spreche hier, wohlgemerkt, von dem riesigen, dem monströsen Weltknäuel, nicht mehr von unserem kleinen persönlichen Problembündel, das zweifellos spannend ist, sich aber doch recht bescheiden ausnimmt angesichts des ungeheuerlichen Knäuels der Probleme dieser Welt. Natürlich wirft dieses Monsterknäuel Fragen von großer Dringlichkeit auf. Warum, glaubt ihr, hätte ich sonst alle anstehenden Angelegenheiten stehen und liegen lassen (auch hier knirscht es stilistisch wieder ein bisschen, aber nichts Ernstes, gehen wir im Augenblick darüber hinweg), stehen und liegen lassen, um für euch schnell erst einmal dieses kleine Werk zu verfassen? Das obendrein ein echtes Sujet hat, welches ich dank jahrelanger pedantisch genauer Studien, ein wahres Martyrium, sage ich euch, aus seinem Versteck ziehen konnte. Ein Sujet, das durch einen unglücklichen Zufall genau in dem Moment die Straße überquerte und sich unter das Strahlenbündel unserer Taschenlampen warf wie ein durchgeknallter Hase, als wir in tiefer Nacht, obgleich angenehmer Gesellschaft dort entlangschritten, ohne uns etwas Böses zu denken. Zwei Meter weiter, und wir wären drauf getreten. Aber nun steht es da vor uns, sehr aufrecht, mit lebhaftem Blick, selbstbewusster Haltung, und setzt sein ganzes Vertrauen in uns. Pech für uns, aber was sollen wir machen?

Ihr habt mich abgelenkt, ich habe darüber das Thema meines Sujets ganz vergessen. Das gleichwohl in blendender Klarheit vor meinem Geiste stand. Gebt mir einen Moment, dass ich es wieder zu fassen kriege.

Ich scherze.

Ich habe dieses Sujet vollständig im Kopf.

Ihr werdet einwenden, und ich greife eurem Einwand um einen Sekundenbruchteil vor, damit ihr erst gar nicht dazu kommt, dass es ein schwerer Fehler in der Einschätzung war, eure individuellen Mikroknäuel dem Monsterknäuel der Welt entgegenzusetzen. Und das stimmt. Wenn ihr es sagt und ich es sage, dann, weil es stimmt. Das Monsterknäuel der Weltprobleme betrifft euer egoistisches kleines Glück ganz direkt. Entspannt euch.

Kann sein, dass nicht ich dieses »Entspannt euch« erfunden habe, das ihr so amüsant findet, wenn auch letztendlich ein bisschen nervig. Kann sein, dass ich's gestohlen habe, durchaus möglich. Einem Schriftstellerfreund, der es in seinem jüngsten Buch verwendet.

Also, ich habe es gestohlen. Ich kann mich nicht erinnern, dass ich um Erlaubnis gefragt hätte. Ich bewundere etwas, ich brauche es, ich stehle es, das ist nur gerecht. Wenn jedermann sich zu stehlen erlaubte, was ihm wirklich fehlt, glaubt mir, dann gäbe es mehr Gerechtigkeit in dieser Welt. Alles wäre paletti, ihr könnt mir vertrauen, wir hätten längst nicht solche Mühe mit dem Abspulen. Es wäre mehr Brot in den Bäuchen der Flüchtigen, mehr Musik in den Ohren der Tauben, und es liefe alles ein bisschen besser zwischen Amerika mit seinem Überfluss und den Verhungernden in den Wüsten. Wenn man stehlen würde. Ja, genau. Ihr werdet sagen, was soll auf einmal dieser kindische Anarchismus in einem Geist, den man für beschlagen hielt in den subtilsten Erscheinungen des Daseins? Sicher, sage ich, Subtilitäten haben ihr Gutes, aber sie bringen auch jene abgeklärte, verschwommene Rechtfertigungsstrategie hervor, typisch für Intellektuelle, vor der man sich hüten muss. Es ist mitunter ganz heilsam, aus den Subtilitäten und den blauen Buchten resolut auszubrechen, die reizvollen Pfade der Spitzfindigkeiten zu verlassen, das Steuer herumzureißen und furchtlos auf das holprige Gelände der rauen Wirklichkeit hinüberzufahren. Das sage ich nicht, um euch zu schockieren. Werft dieses Buch nicht gleich weg, seid nicht so ängstlich. Wir kriegen das schon alles hin.

Ihr wollt ein Beispiel für raue Wirklichkeit? Euer Verlangen ist legitim, nichts geht über ein gutes Beispiel. Es ist wie eine gute Zeichnung. *An der Zeichnung erweist sich, was das Bild einmal taugen wird*, wie meine Zwillingsschwester mich scharfsinnig erinnerte, und das stimmt. Ebenso wie ein gutes Beispiel die Rede untermauert. Darüber gäbe es viel zu sagen, aber die Zeit verrinnt, wir müssen mit unserem Thema einer strengen Logik folgen, wenn wir vorankommen wollen, das sollten wir nicht vergessen. Doch entspannt euch und erzählt mir, was euch als Erstes in den Sinn kommt, einfach so, ohne erst lange zu überlegen.

Wie, ihr seid nicht mal *sicher*, ob ihr mir bei diesem Unternehmen behilflich sein wollt? Herrgott, wir verlieren schon wieder Zeit. Und Zeit kann ich euch nun wirklich nicht unbegrenzt zur Verfügung stellen. Auch wenn das ein bisschen barsch klingt, aber ihr müsst mich verstehen. Mir geht es wie euch. Ich habe Arbeit bis über beide Ohren, häusliche Dinge zu erledigen, familiäre Probleme zu klären, Kriminalromane zu schreiben. Ja, das außerdem. Nicht mal eingerechnet, dass ich auch eine Menge Schlaf brauche. Und mich mit Freunden amüsieren und hier und da ein paar Ideen klauen möchte, die mir fehlen und die bei anderen allzu sichtbar herumliegen. Wenn ihr also glaubt, ich hätte Zeit für das Knäuel der Weltprobleme, mitnichten. Da würde ich euch schon lieber, selbst wenn ich mir dabei die Nächte um die Ohren schlagen müsste, einen gehaltvollen und entspannenden Kriminalroman hinblättern.

Übrigens habe ich schon eine gute Idee für den nächsten. Eine Szene spielt auf einem Waldweg, sehr weit von hier. Es ist Nacht, und ein Typ geht diesen Weg entlang, allein.

Ihr habt es geglaubt. Ihr habt tatsächlich geglaubt, ich würde mich ablenken lassen und mich in einen pikaresken Kriminalroman stürzen. Tut mir leid, aber das mache ich nicht. Wir haben vorher noch was anderes zu tun, ihr und ich. Ich sage »ihr«, obwohl ihr gerade auf eurem Bett lümmelt und in diesem kleinen Opus blättert, was ehrlich gesagt nicht sonderlich anstrengend ist, weder für den Körper noch für den Geist. Kurz, ihr macht nichts in diesem Augenblick, da ich mit euch rede. Ich werfe keinen Stein auf euch, ich würde es ja selber liebend gern tun. Im Nichtstun liegt eine unergründliche Tugend, und es gehört auch einiger Mut dazu. Darüber gäbe es eine ganze Menge zu sagen, vielleicht kommen wir noch einmal auf diesen höchst bedeutsamen Gedanken zurück. Ich sage also »ihr und ich«, ihr aber helft mir, zugegeben, nicht viel, wenn ihr da müßig auf eurem Bett rumliegt und in einem Buch blättert, das ihr für leichte Lektüre haltet.

Ihr irrt euch.

Denn es ist kein leichtes Buch. Es ist ein sehr vielschichtiges und schwieriges Buch, ehrgeizig und zugleich anspruchsvoll, ja fast schon hermetisch, *nur bemerkt ihr es nicht.* Genau das ist der Trick.

Sagt mir, was euch quält, befreit euch. Ihr fürchtet, ich könnte meinen Freien Willen im Abenteuer mit dem Weltknäuel verlieren? Ich könnte den bodenlosen Verlockungen des Erdballs erliegen, mein Tiefinnerstes könnte im kakophonen Grollen, den dissonanten Klängen des Weltorchesters untergehen? Fürchtet nicht, seid ganz und gar unbesorgt. Das wird auf keinen Fall geschehen, aufgrund des Fadens nämlich, von dem ich euch weiter oben erzählte. Wie sollte ich meinen FW verlieren, wo ich doch nie meinen Faden verliere? Denkt mal einen Augenblick nach.

Also, ihr seht, das ist unmöglich.

Ich habe noch nie meinen Freien Willen (FW) verloren, ebenso wenig wie mir mein Tiefinnerstes (TI) entglitten wäre, außer in der Liebe. Diese ärgerliche Fahrlässigkeit hat mir ja jene zahlreichen Verdrießlichkeiten eingebracht, an denen ich euch seinerzeit teilhaben ließ, um euch zu entspannen. Entspannt euch, mein Gott. Ich auch? Bringt mich nicht in Versuchung, ihr wisst sehr wohl, dass ich zu tun habe.

Werft mir mal alles so hin, wie es euch gerade durch den Kopf geht. Der Faden? Ihr sucht immer noch den Faden? Das ist ja ein Tick bei euch, woher nur diese sinnlose Panik? Ich bin mit diesem Faden um den Kopf herum geboren worden, lasst euch das gesagt sein und atmet tief durch. Andere werden mit einem

Geburtsfleck geboren (kleine stilistische Fehlleistung, »Geburt«/»geboren«, aber dabei können wir uns jetzt nicht aufhalten, wir übergehen es, das hier ist spontanes Schreiben, tut mir den Gefallen und korrigiert selber mein Buch, einmal ist keinmal, es wäre nett von euch. Und wir gewinnen Zeit. Je früher wir hiermit fertig sind, desto schneller können wir es uns mit einem Kriminalroman gemütlich machen. Strengt euch ein bisschen an, ich verlange ja nicht die Welt von euch). Andere werden also mit einem Geburtsfleck geboren, mit zu kleinen Händen, zu großen Füßen (ich werfe keinen Stein, mein Sohn ist mit sehr großen Füßen geboren, und er ist ein prima Kerl). Urteile wie »zu sehr« oder »nicht genug« sind im Übrigen völlig absurde, ja verwerfliche normative Kriterien, von denen wir uns schnellstens lösen sollten. Wir kommen noch mal darauf zurück, notiert es euch auf einem Zettel, falls ihr den Faden verliert, nur lasst uns bitte unterwegs nicht weiter herumtrödeln.

Folgt mir, dazu bedarf es nur zweier Stunden Lektüre, eine schlichte kleine Handreichung, denn ich brauche euch. Zwei Stunden. Das könnt ihr doch wohl für die Menschheit tun, oder?

Nicht wahr?

Gut so. Ich hatte befürchtet, einer von euch würde sagen: nein, ich verbringe doch nicht zwei Stunden mit der Menschheit. Zwei Stunden, das ist nicht die Ewigkeit. Ich selbst also wurde mit einem um den Kopf gerollten Faden geboren. Damit meine ich nicht die Nabelschnur, keineswegs, ich bin wie jedermann mit dem Hintern auf die Welt gekommen und die Nabelschnur irgendwie mit, wobei ich die meiner Zwillingsschwester gar nicht mal erwähne, die mir den Durchgang versperrte. Keine Sorge, mit verwickelten Situationen werde ich gut fertig, die Geburt ist ein Kinderspiel (lasst euch das auf der Zunge zergehen, ich würde es gern kommentieren, aber das müssen wir auf später verschieben), ich bin mühelos aus diesem Gebärmutterstau herausgekommen, mit nur zehn Minuten Verspätung hinter meiner Zwillingsschwester. Das ist nicht weiter schlimm und stellt überhaupt kein Problem dar, schon gar nicht ein Thema, nicht mal eine Idee. Kein Grund also, darüber zu reden, es ist bedeutungslos, machen wir weiter. Seitdem verbringen meine Schwester und ich unser Leben damit, aufeinander zu warten. Und uns auf der Straße umzudrehen, um uns zu vergewissern, dass die andere auch wirklich hinter einem ist oder vor einem, nicht verloren, nicht zu weit weg, nicht mehr als zehn Meter entfernt (zehn), was etwas anstrengend für die Umgebung ist. Ich denke, meiner Zwillingsschwester und mir wäre das Leben in der Gemeinschaft leichter gefallen, wenn wir das Glück gehabt hätten, *gleichzeitig* geboren zu werden. Ich sage es mit Nachdruck. Ein korrekter Ausstieg, Popo an Popo, ohne den geringsten zeitlichen Abstand. Ich weiß nicht, warum, aber meine Mutter hat es nicht so gewollt. Ich muss sie daraufhin mal ansprechen. Doch meine Mutter ist im Moment in den Bergen, wo sie den Kindern beim Rodeln zusieht. Während ich hier Blut und Wasser schwitze im Dienst an der Menschheit, vergnügen andere sich mit Schlittenfahren oder liegen faul auf dem Bett mit leichter Lektüre, so ist das Leben, wie es sich geradewegs vor uns abzeichnet, auch darüber müssen wir noch einmal reden. Nun denkt nicht, ich stürze mich jetzt überraschend in eine poetische und gehaltvolle Autobiographie. Ihr macht mir Spaß. Ihr und ich, wir beschäftigen uns doch gerade mit dem Knäuel der Weltprobleme, das weiß ich genau. Denen, die es interessiert, sei lediglich gesagt, dass meine Mutter es vorzog, meine Schwester und mich *nacheinander* hinauszuschubsen, im Abstand von zehn Minuten. Ich kritisiere ihre Entscheidung nicht, ich maße mir über niemanden ein Urteil an, schon gar nicht über meine Mutter, deren Freier Wille bemerkenswert ist. Wenn ich sage »anstrengend für die Umgebung«, so, weil es mir und meiner Schwester persönlich überhaupt nichts ausmacht, wenn wir unser Dasein damit zubringen, aufeinander zu warten. Allein eine Frage der Übung, dazu muss man nicht aus dem Schenkel des Jupiters geboren sein. Persönlich sind wir, meine Schwester und ich, nicht aus dem Schenkel des Jupiters geboren, sondern aus dem Bauch meiner Mutter, und zwar nacheinander und im Abstand von zehn Minuten. Aber verlieren wir unser Vorhaben nicht aus dem Blick, wir sind doch keine Laien.

Wovon sprachen wir? Eigentlich?

Ich scherze. Es amüsiert mich, euch ein wenig Angst einzujagen. Ich weiß aufs Komma genau, wo ich bin.

Ihr verliert den Faden, nicht ich. Macht euch Merkzettel, wenn ihr nicht mehr durchseht, in verschiedenen Farben, rot für die Liebe, grün für den Krieg und so weiter, geht methodisch vor, ich muss euch doch wohl nicht beibringen, wie man arbeitet. Nicht dass ich mich dagegen sträube, euch zu helfen, aber wir können es uns nicht leisten, herumzutrödeln, entspannt euch. Einverstanden, ich werde meinen

Schriftstellerfreund anrufen, um ihn von dem kleinen Raub in Kenntnis zu setzen, ich verspreche es euch. Ich möchte nicht, dass ihr mich für unmoralisch haltet, und ich will auch nicht einen Freund verlieren für so was Lächerliches wie einen vorsätzlichen Diebstahl ersten Grades. Die kleine Formulierung erinnert mich plötzlich wieder an den Kriminalroman, aber macht euch keine Hoffnung, dass ich aussteige, ich kann mich beherrschen, wenn ich will. Es ist die Geschichte von dem Typen, der über einen Waldweg läuft, sehr weit von hier. Vergesst nicht, dass er allein läuft und dass es schon Nacht ist. Was macht der Typ eigentlich da? Geht er spazieren? Sucht er was? Versteckt er was? Ist er vor irgendwas auf der Flucht? Ich sagte euch gerade, dass ich meine Spule nie aus den Augen lasse, also werde ich auch auf keinen Fall jetzt hier schwach werden. Ja, das ist sehr bedauerlich, ich bin vollkommen mit euch einverstanden, auch ich würde mich lieber amüsieren, aber hämmert euch das ein für alle Mal in den Schädel, wir haben keine Zeit, wir müssen uns mit diesem Monsterknäuel befassen, und danach, aber erst danach, machen wir es uns mit einem Krimi gemütlich. Sobald wir die Probleme dieser Welt gelöst haben, versprochen. Was im Übrigen eine Angelegenheit von höchstens fünf Tagen ist. Vielleicht vier.

Samstag werden wir alles im Kasten haben, wenn meine Berechnungen stimmen. Und wir alle werden uns besser fühlen.

Ich wurde mit einem um den Kopf gerollten Faden geboren. Als Kind, ich.

Keine Sorge, ich werde euch jetzt nicht mit Anekdoten aus der Kindheit der Autorin auf den Geist gehen. Das ist nicht das Thema, und wir verlieren nur Worte, ihr wie ich. Konzentrieren wir uns auf das Wesentliche. Meine Schwester wurde mit einem Pinsel in der Hand geboren, was ebenfalls eine Menge Ärger mit sich bringt. Wenn ich dieses anrührende Detail erwähne, so nicht, um eine Schwester-der-Autorin-als-Kind-Geschichte zu erzählen, das könnt ihr euch wohl denken. Obwohl es ausgesprochen gehaltvoll wäre, vielleicht sogar zu sehr. Sondern um beiläufig anzumerken, dass sich diese Sache mit dem Pinsel bei meiner Schwester sehr bald offenbarte. Es ist für Eltern, gelinde gesagt, ziemlich beunruhigend, ein Künstler-Kind zu haben. Während also meine Zwillingsschwester Enten malte (Enten, was sonst, sie war ja ein Kind, und ihr werdet von einem Kind nicht verlangen, dass es »Das sterbende Griechenland auf den Ruinen von Athen« malt, also bitte, seid ein bisschen realistisch), bemerkte niemand, dass ich schon die Brauen runzelte mit Blick auf die Probleme der weiten Welt. Niemand ahnte etwas von den Knäueln, die ich unter meinem Bett hortete. Bis zu dem Tag, ihr kennt die berühmte Geschichte, wo ich meine Taschenlampe anknipste, um sie nächtens in Augenschein zu nehmen. Da begriff der Familienrat, dass ich an Fäden zog. Dass man diese Fäden verknüpfen konnte. Dass man von der Verknüpfung zum Strick und vom Strick zur Kette, schließlich zum Knäuel der Welt gelangte. Kein belangloses Thema. Darum wecke ich euch heute: damit ihr euch lockert, euch entspannt. Lasst euch gehen, die Beine von euch gestreckt, die übereinandergeschlagenen Stiefel auf eurem Bündel abgelegt, Hände im Nacken. Wir machen uns jetzt mal zügig ans Abwickeln dieses Knäuels, und ist das erst erledigt, erholen wir uns bei einem Kriminalroman.

Gute Idee. So machen wir das.

Ihr hattet vollkommen recht. Es gibt nicht ein riesengroßes Weltknäuel auf der einen Seite und Milliarden winziger, armseliger persönlicher Knäuel auf der anderen, die über die Erdoberfläche wuseln.

Es ist ein und dasselbe.

Denn die Milliarden winziger Knäuel und ihre Milliarden individueller Probleme sind es, die die entsetzlich komplexe Synergie des monströsen Weltproblemknäuels bilden. Ihr seht, das alles ist keine Hexerei, so weit sind wir im Handumdrehen schon gekommen, und sogar vollkommen entspannt. Ich könnte euch Beispiele nennen, wenn ihr wollt, aber seien wir vernünftig. Ich habe Arbeit bis über beide Ohren, ihr, nebenbei bemerkt, auch, vergesst sie nicht: eure Arbeit. Da lümmelt ihr euch lesend auf dem Bett, und unterdessen *wartet eure Arbeit.* Wir alle sind uns dessen bewusst. Also beeilen wir uns.

Ihr dachtet, ich würde eure persönlichen Irrungen vergessen, über eure Nöte hinweggehen, über eure Arbeit, die nicht vorankommt, ganz zu schweigen von eurem Frust in der Liebe, um nur mal die großen Sorgen der Welt zu nennen? O nein, ich sehe euch zu, ich befasse mich mit euch. Mit allem. Selbst mit denen, die sich einen Nagel zu kurz schneiden. Selbst mit denen, die Muscheln sammeln, ich meine, in ihrem Alter. Mit denen, die den ganzen Tag gar nichts tun. Selbst mit den Künstlern. Die leiseste Schwingung der Welt wird von mir verzeichnet. Denn sie ist drin im Knäuel. Auch der abgeschnittene Nagel, ja natürlich. Die Melancholie des Abends, das Brot des frühen Morgens, die zehn Finger eurer Hände, nichts lasse ich aus, kein Krümchen Leben, ich grabe tief. Überschlagen wir mal kurz: Wenn wir davon ausgehen, dass jedes menschliche Wesen, vorsichtig geschätzt, vierzig Milliarden Erlebnisse sowohl physiologischer als auch emotionaler oder spiritueller Natur in sich birgt – aus wie vielen entscheidenden Partikeln besteht dann das Weltknäuel bei den sechs Milliarden Menschen mit gleichschweren Problemen, die die Erde zählt? Und aus wie vielen Wechselwirkungen zwischen den Partikeln der einen und den Partikeln der anderen, die dazu führen, dass das Knäuel sich thermisch aufheizt? Was wiederum wie viele Kilometer Problemzwirn ergibt auf der großen Spule des Universums? Hinzugezwirnt außerdem siebzig Billionen Landschaften, die sich da auch noch reingedrängelt haben, plus Klimavariationen, Pflanzen, Tiere, einschließlich Fingernägeln, Mineralen und Gasen, Stickstoff, Sauerstoff, Nitrat, ihr könnt die Liste allein vervollständigen – macht also wie viele? Fügt die Wechselwirkungen mit den vorherigen hinzu. Vergesst das Wasser nicht, das Meereswasser, das Wasser der Flüsse, das Wasser vom Himmel, die Seife, die Knorpelfische. Die Vulkane, den Sand, die Grashalme. Die Grashalme sind Pflanzen, lasst mich nicht ständig alles wiederholen, das hält uns auf. Was macht das insgesamt? Das dürft ihr allein ausrechnen, ihr seid groß genug.

Nicht dass ich mich dagegen sträube oder nicht dazu in der Lage wäre. Dass ich nicht lache. Aber es ist nicht das Einzige, was ich zu tun habe, versteht mich. Ihr könntet euch also bemühen, es selber auszurechnen, während ich inzwischen am störrischen Zwirn des Universums ziehe. Es ist nicht verboten, einander zu helfen.

Jetzt begreift ihr endlich das ungeheuerliche Ausmaß des synergetischen Weltknäuels, und euch wird klar, dass es euch, inklusive Fingernagel, ganz direkt betrifft. Einverstanden, auch eine hübsche Muschel, die ihr gefunden habt, könnt ihr mitnehmen in das Knäuel. Ich will euch nur sagen, dass es ein simpler Chinahut, eine Napfschnecke, eine *Patella* ist, etwas ganz Gewöhnliches. Doch wenn sie euch gefällt, na gut, dann nehmt sie mit. Und stellt keine kindischen Fragen, denn ich habe gesagt, dass *alles* im Knäuel ist. Ganz nebenbei könnt ihr euch also merken, dass eure Napfschnecken zur Familie der *Patellidae* gehören (*Patella vulgata,* da ihr's immer genau wissen wollt, fallt mir nicht auf den Wecker, das kostet uns nur Zeit), was dieser Muschel immerhin ein bisschen Stil verleiht und euch Gelegenheit gibt zu sagen: »Schau an, eine Patella«, was schon viel besser klingt als »Schau an, ein Chinahut«. Warum ist es besser? Weil es nutzlos ist, aber darauf kommen wir noch, macht mir meinen Plan nicht kaputt, bitte, ihr nervt mich mit euren Muscheln. Immerhin, in eurem Alter noch Chinahüte zu sammeln, aber was hat man nicht schon alles gesehen. Und vielleicht kommt man in eurer blauen Bucht zwangsläufig dahin. Ich kann mir sehr gut vorstellen, wie ihr da zwischen Sand und Muscheln umherschlendert und in milder Märzsonne eure relaxten Schultern trocknet. Doch Schluss mit diesen nostalgischen Erinnerungen, sie sind unvernünftig.

Pardon, ich rege mich auf. Entschuldigt bitte. Über euren Napfschneckengeschichten habe ich am Ende noch meine Idee und obendrein das Thema vergessen. Und das beunruhigt mich ein bisschen. Obwohl es nicht in meiner Natur liegt, wegen Lappalien die Nerven zu verlieren, kann mir das schon mal passieren, wenn mir mein Thema abhandenkommt, ich bin schließlich nicht aus Holz. Und ihr wisst nur allzu gut, dass Angst zu aggressivem Verhalten gegenüber anderen führt, es beruhigt die Nerven, es ist menschlich. Eben darum rege ich mich auf – um mich zu entspannen. Versucht mich zu verstehen, seid nachsichtig. Erinnert euch außerdem, dass ich einen Haufen Arbeit habe und mich bitter darüber beklage. Umso mehr, als ich vergessen habe, wie mein Thema lautet. Genau jenes Thema, das mich wie der Schlag traf, als ich nichtsahnend auf einem Waldweg ging, ohne mich umzudrehen, und nur eins dachte: Nichts wie weg. Jenes Thema, das mich in meinen Nächten mit hartem Blick, gebieterischen Zügen und forderndem Mund anstarrte. Ich kriege es einfach nicht mehr zu fassen, es ist eine Welt für sich.

April, April, ich wollte euch nur ein bisschen ärgern. Nicht nur sehe ich dieses virile Gesicht sehr deutlich vor mir, ich weiß auch seinen Namen.

Wir sind nun schon einen großen Schritt weiter. Wir haben begriffen, dass ein Typ, der sagen würde, tut mir leid, ich habe keine Minute Zeit, mich mit den Problemen der Menschheit zu befassen, schert euch zum Teufel mit eurem Monsterknäuel, ich habe andere Sorgen, also dass der ein kompletter Idiot wäre. Ja, denn er ist selbst drin im Knäuel, mit seinem Nadelstreifen und seinem Aktenkoffer, wenn auch ohne Napfschnecke, weil, müsst ihr wissen, diese Art Typ keine Muscheln sammelt, dem sind die scheißegal. Er ist in dem Knäuel drin, einschließlich seiner

Schuhe. Und weiß es nicht mal, der Trottel. Wir ja. Er nicht. Er achtet in seinem Leben weder auf Menschen noch auf Nägel, Gräser oder kleine Tiere (etwa Napfschnecken, aber hört doch mal einen Moment mit diesem Muschelzeug auf), er lässt sich nie von der Märzsonne trocknen und geht auch nicht pfeifend durch eine Straße, er wird überhaupt erst oberhalb von zwei Millionen Euro lebendig, und das Weltknäuel schmeißt er kurzerhand aus dem Fenster seiner Limousine. Während er selbst doch drin ist, der Idiot. Aber es wird ihm wieder auf die Füße fallen, glaubt mir, kaum dass wir mit dem Abwickeln fertig sind. Ich lache mir jetzt schon ins Fäustchen. Ein Typ, der sich selber aus dem Fenster wirft, ohne es zu wissen. Der auch nicht weiß, dass es ein Leben nach dem Verzicht auf die Dinge gibt.

Apropos Schnelligkeit, mein Sohn, dessen Langsamkeit etwas genial Lässiges hat, als wollte er die Welt verspotten, die sich viel zu schnell unter unseren gehetzten Füßen dreht, ist der einzige Mensch auf Erden, der bei einem Abfahrtslauf nicht schneller wird. Der kleine Kerl fährt Ski, wie er läuft, das will er so, und so kann er in aller Ruhe im Schnee noch Napfschnecken sammeln. Ohne zu schummeln, ohne Bremsen unter den Brettern anzubringen, ehrlich, ich hab's mit eigenen Augen gesehen. Erinnert euch hier an mein ungebremstes Lob der Langsamkeit, ich wiederhole das Beispiel nicht, es wird überhaupt nichts mehr wiederholt, nichts ein zweites Mal erklärt, schnallt eure Ski an, wir haben zu viel zu tun, um uns noch Abstecher leisten zu können. Wir sind mit dem Monsterknäuel beschäftigt, also mit euch inklusive Nägeln. Ja, ja, auch mit der Liebe, ich habe das im Kopf. Ihr müsst mir nicht alles zweimal sagen, ich bin eh schon ein wenig gereizt.

Und alle müssen ihr Teil dazu beitragen.

Bitte.

Ich verlange nichts Unmögliches von euch. Ihr braucht euch nur Karteikärtchen anzulegen, wenn ihr überfordert seid, Merkzettel mit farbigen Textmarkern obendrauf, blau für den Schnee, orange für die Napfschnecken, grün für den Krieg und so weiter, findet die für euch geeignete Methode, aber nun kommt endlich.

Ich persönlich fahre nicht Ski.

Und wenn wir diesen Haufen Arbeit vor uns haben, der uns schon leicht reizbar macht und uns eisern daran hindert, vor Sonntag einen Krimi zu lesen, woran liegt es dann, frage ich euch? An der Welt. Das heißt, wenn wir ehrlich sind, an uns. Oder, genauer noch, an denen, und wie erkennt man sie? Daran, dass sie unfähig sind, einen Vormittag lang in aller Ruhe ein paar Eimer voll *Patella vulgata* zu sammeln. Ich spreche Latein, wie ich atme, das sage ich nicht, um anzugeben oder euch zu verletzen, sondern um euch zu entspannen und mich gleich mit. Ich entspanne mich. Ich könnte euch, wenn es mir einfiele, dieses ganze Opus auf Lateinisch hinblättern, das schreckt mich nicht. Ihr seht so verkrampft aus, streckt eure Beine von euch, schlagt die Puschen übereinander. In vier Tagen wird es uns sehr viel besser gehen, wenn wir den ganzen Stress hinter uns haben und die Sonne des Sieges über der befriedeten Welt aufgeht. Das heißt Sonnabend, wenn meine Berechnungen stimmen. Legen wir also einen Zahn zu.

Ich hatte mich um fünf Uhr morgens zu verdientem Schlaf hingelegt. Aber ich habe kein Auge zugetan, nichts, keine Sekunde lang. Als ich euch sagte, dass es nicht leicht sei, alle Tage den Faden in der Hand zu behalten, war das nicht im Spaß gemeint. Ihr aber, die ihr ohne die geringsten Skrupel zuseht, wie ich mich mit diesen Trillionen Kilometern allein abrackere, ihr schlaft. Mehr oder weniger tief, je nachdem wie groß eure Probleme sind, aber ihr schlaft. Während ich wie eine Sklavin schufte, um dieses verdammte Knäuel für euch abzuwickeln, und dabei heimgesucht werde von tausend Gedanken wie ein Typ in der Antarktis von Mückenschwärmen (über der Antarktis? auf der Antarktis? Seid doch so gut, steht mal auf von eurem Bett und seht im Wörterbuch nach, um mir bei der Klärung dieses lächerlichen präpositionellen Problems behilflich zu sein), heimgesucht also von tausend Gedanken, habe ich kein Auge zugetan. Ihr ja. Ab Samstag werde ich ebenfalls ruhig auf beiden Ohren schlafen, zwölf Stunden hintereinander, einmal ums

Zifferblatt, da kenne ich gar nichts. Und ich schäme mich nicht dafür. Der Makel, mit dem unsere aktionistische Gesellschaft den Schlaf behaftet, während sie die kolossale Arbeit über alles stellt, ist eine unbegreifliche Torheit. In dem Punkt bin ich eisern. Wenn einer zu mir käme und sich mir gegenüber rühmte ob seiner kolossalen Arbeit, die ihm die Nächte raube, dann wäre der in meinen Augen ein ausgemachter Idiot. Was ich ihm auch ungeschminkt sagen würde. Es wäre doch das Mindeste an Anstand, wenn man jedem Menschen das Recht einräumte, erst arbeiten zu gehen, wenn er ausgeschlafen hat. Wohingegen wir unterm gnadenlosen Joch des gegenteiligen Gesetzes leben. Von daher Müdigkeit und Verdrossenheit, aus denen Angst erwächst. All das müssen wir uns noch mal gründlich vornehmen. Im Übrigen, ihr könnt sicher sein, dass die Natur sich was dabei gedacht hat, als sie uns in vollkommener Symmetrie je ein Ohr auf eine Seite des Kopfes gesetzt hat. Sie hätte ja auch eins vorn und eins hinten anbringen können. Habt ihr da jemals drüber nachgedacht? Das hätte sie nämlich ebenso gut machen können, die Natur macht, was sie will, stellt euch vor, sie ist ihr eigener Herr, sie hat einen gigantisch großen, nahezu totalitären Freien Willen im Gürtel stecken mit einer entsprechend monumentalen Diebstahlsicherung. Vergreift euch nicht an ihm, denkt an Ikarus. Die alten Griechen haben sich nicht umsonst ihre Geschichten für uns ausgedacht. Die alten Griechen ersparen mir übrigens eine Menge Arbeit, sie ersparen mir, die Grundbegriffe wiederholen zu müssen, das ist schon mal enorm. Aber den alten Griechen blieb nicht die Zeit, ihre Titanenarbeit zu Ende zu führen, denn dann kamen ohne Vorwarnung die neuen Römer über sie, hervorragende Techniker mit weichem Kinn, doch miserable Philosophen. Und wenn ich miserabel sage, dann aus Gutmütigkeit, um niemanden zu kränken, denn die Römer waren schlicht Nieten in Philosophie, wohingegen sie Asse waren in den Kriegskünsten. Was, unter uns gesagt, kein gutes Zeichen ist. Ich an eurer Stelle würde mir hierzu ein Kärtchen anlegen, aber das soll kein Befehl sein.

Wenn ich nicht lateinisch schreibe, obwohl ich wahnsinnige Lust dazu hätte, so, damit ihr euch nicht an einen *Luxus* gewöhnt, der euch verweichlichen könnte. Wir bleiben bei unserem heimischen Französisch, einer einfachen Sprache, die jedermann versteht, einer flüssigen Sprache mit zwei Millionen Spitzfindigkeiten. Denn ich brauche lebhafte, vor Leidenschaft glühende Mitstreiter, die Verweichlichung habt ihr schon über Gebühr genossen. Wir sind durchaus nicht zu viele mit unseren Hunderttausenden von Energien, um das Problemknäuel abzuwickeln, erinnert euch, wir wollen das Ganze am Samstag geglättet und in weichen Lagen übergeben. Im Übrigen ist es mit dem Latein auch so ein merkwürdiges Ding. Als Kind verstand ich überhaupt nicht, warum ich mich mit diesem Lateinkram so herumschlagen musste, bis zu dem Tag – ihr kennt die berühmte Geschichte –, als ich genau diese Frage stellte. »Weil es zu nichts nütze ist«, antwortete mein Vater. Von dem Zeitpunkt an begann ich unter den Knäueln, die unter meinem Bett gestapelt lagen, an dem Zu-nichts-nütze-Faden zu ziehen, um zu sehen, wohin er mich führen würde. Sehr weit, kann ich euch sagen. Macht euch nicht allein und ohne Führer dahin auf, wenn ich zufällig anderweitig beschäftigt bin. Ebenso wenig wie in die Antarktis (auf die Antarktis?/zur Antarktis? Habt ihr die Frage mit dieser Präposition klären können? Nein? Wo bleibt ihr denn, verdammt noch mal, ich brauche doch alle eure Kräfte. Kann ich nun auf euch zählen oder nicht?). Wir kommen auf diesen kapitalen Begriff des Unnützen noch zurück, aber jetzt sollten wir mal etwas straffer auf unser Ziel zuhalten, das Schlingern muss aufhören.

Ich vernehme ein paar starke Geister, die Einspruch erheben und sich beunruhigen. Aber selbstverständlich habe ich einen Plan. Ihr regt euch auf, weil ihr fürchtet, ich hätte keinen. Ich würde nur immer der Nase nach laufen, ohne zu wissen, was ich im nächsten Satz schreiben werde, und ob ich denn überhaupt irgendetwas Maßgebliches zur Überwindung eurer Ängste zu sagen habe. Ihr scherzt, hoffe ich. Ihr glaubt doch nicht im Ernst, dass ich mich ohne Plan auf ein Thema einlassen würde.

Natürlich habe ich einen Plan. Aber den werdet ihr *in fine* ohnehin entdecken. Ich könnte auch einfach »am Ende« sagen, was aufs Gleiche hinausläuft, und doch nicht ganz. Denn *in fine* bringt etwas Latein, also das Unnütze, in den Text. Und so injiziere ich eurem Organismus ganz sanft, Tropfen für Tropfen, das Konzept des Nutzlosen, fein dosiert, wie gesagt, man darf am Anfang nicht zu schnell vorgehen. Keine Sorge, ich weiß, was ich tue, schluckt mir nur mal diesen Tropfen. Nein, er ist nicht bitter. Also ein bisschen bitter schon, wie jede Medizin, ihr könnt nun mal nicht die Butter und zugleich das Geld vom Verkauf der Butter haben, verlangt nichts Unmögliches, seid nicht kindisch. Das Unmögliche ist übrigens schon auf dem Wege, und wir werden aus diesem Wust von Weltknäuel aus beschissenen universellen Problemen siegreich hervorgehen. Ihr werdet sehen. Steht am Samstag früh auf, um euch das Schauspiel anzusehen, wie die Sturmwogen der Probleme zurückweichen und die ruhigen Wasser der befriedeten Welt heranströmen, das ist die Sache wert, so was erlebt man nicht zehnmal (zehn). Wir zusammen, ihr und ich, sind dabei, das einzigartige Instrument dafür zu schmieden, ich glaube, ihr seid euch dessen nicht mal wirklich bewusst.

Ihr seht also, ich habe einen Plan, ich springe nicht wie eine Heuschrecke im Heu geschwätzig von einem Thema zum andern. Dieser Eindruck ist nur eine List, das sagte ich schon weiter oben, eine List, damit euch das Buch leicht verständlich, eingängig und harmlos erscheint. Während ich euch gleichzeitig die unverdaulichsten Grundbegriffe in den Schädel hämmere. Aber *ganz unauffällig.* So, als würde ich bloß gemütlich mit euch plauschen, ohne mich zu bekümmern, worauf es hinausläuft. Alles Berechnung. Wenn ich euch dieses Opus nach alphabetisch geordneten Schwerpunkten, mit Index und Fußnoten präsentiert hätte, hättet ihr es wohl bald in eure blaue Bucht gefeuert und die Hoffnungen, die die Welt in euch setzt, damit zunichtegemacht. (Nun lasst doch mal endlich diese Napfschnecken in Ruhe, habt ihr Angst, dass einer sie euch wegnimmt, oder was?) Wenn ihr den Plan nicht bemerkt, dann, weil ich ihn absichtlich entschärft habe, um euch nicht wehzutun, was mir dank jahrelanger literarischer Erfahrung ein Leichtes ist. Denn den Bauplan eines Buches zu spüren ist sehr schmerzhaft, ein bisschen so, als würde man auf einem Sack Nüsse schlafen. Dass ihr ihn nicht bemerkt, dass ihr den Eindruck habt, eine Fahrt ins Blaue zu machen, *heißt nicht, dass es diesen Plan nicht gibt*, ihr könnt beruhigt sein, ich weiß, wohin ich gehe. Macht euch den Kopf frei, zeichnet Enten. Nein, nicht »Das sterbende Griechenland auf den Ruinen von Athen«, einfach Enten, wir sind ja noch Anfänger.

Ich merke, euch steht nicht der Sinn danach, diese simple kleine Ente zu zeichnen, also bedrückt euch irgendwas. Es ist der Zweifel. Ihr zweifelt an den Wohltaten dieses kleinen Werks, ihr zweifelt an der Existenz eines Plans, ihr zweifelt an einem Inhalt und einem Gefäß. Na toll. Ihr meckert gern, wie's scheint, ihr kritisiert, bevor ihr wisst, ihr urteilt, ohne zu kennen. Und da sage ich: Halt! Gebt acht, ihr zweifelt zu viel, ihr werdet euch verletzen. Dreht eure Zunge siebenmal im Mund herum, bevor ihr über andere und ihre Themen urteilt und dieses Opus ins Meer werft, das wäre schon ein großer Schritt hin zum Frieden in der Welt. Ich weiß, sonderlich ästhetisch sieht das nicht aus. Aber es gibt seltene Augenblicke, wo man auf die Ästhetik pfeifen muss. Kühnheit!, sagte Danton (aber sicher, es war Danton, ihr müsst nicht alles im Lexikon nachschlagen, es ist schon neun Uhr vormittags). Nörgelt nicht an jedem Satz dieses Werkes herum, überlasst ihm euch vielmehr in friedlicher, maßvoller Lektüre, einmal monatlich, zwölfmal pro Jahr. Diese Frequenz gilt für alle außer für meine Mutter. Ich weiß nicht mehr, ob ich euch schon von meiner Mutter erzählt habe, oder meiner Schwester, die, wie's der Zufall will, auch mein Zwilling ist, mit zehn Minuten Vorsprung (zehn), die paar Minuten werde ich ihr nicht streitig machen. Meine Mutter braucht niemanden, um sich ihr Leben zu organisieren, bei ihr ist es von Amts wegen organisiert, schon von Anfang an. Ein in der Weltgeschichte einmaliger Fall, und ausgerechnet meine Mutter, es gibt schon seltsame Zufälle. Nun stellt keine sinnlosen Vermutungen an, geht mir nicht mit meiner Mutter auf den Geist, dreht eure Zunge siebenmal im Mund herum, ich will kein Wort des Protestes hören. Ich persönlich sage nichts über eure Mutter, ich achte sie in einem Maße, wie ihr euch kaum vorstellen könnt.

Ihr zweifelt zu sehr, es ist meine Pflicht, euch zu bremsen, denn es gibt zwei Arten von Zweifel, den guten und den schlechten Zweifel. Das hat die Natur sich so ausgedacht, um uns zu nerven. Der positive Zweifel, gemeinhin vorwärtsdrehend genannt, unterscheidet sich vom negativen Zweifel, im Volksmund rückwärtsdrehend genannt (weil er nach hinten losgeht), durch die simple Tatsache, dass der erste uns beherzt zum Leben hinführt wie das zwitschernde, weitblickende Vöglein, während der zweite uns zu Boden drückt, ja uns regelrecht zermalmt wie die Dampfwalze, ihr seht, in welche gedanklichen Tiefen uns dieses Werk führt, wir plaudern hier nicht über das Beschneiden von Obstbäumen (obwohl dieses gleichfalls faszinierende Thema mich nicht schreckt). Beobachtet außerdem, dass der subtile Unterschied zwischen den beiden Arten von Zweifel einem eiskalte Schauer über den Rücken jagen kann, so subtil ist er. Schlimmer noch, mit bloßem Auge kann man sie schon gar nicht auseinanderhalten, sie gleichen einander wie zwei Stiefelknöpfchen, wieder mal war es Satan, der sich diesen Mist in einer müßigen Nacht ausgedacht hat, nachdem er zuvor alle Weltgegenden mit Langeweile überzogen hatte. Wenn ich »Satan« sage, dann aus Spaß, um für eine kleine Verschnaufpause zu sorgen, sonst kriegen wir es noch mit der Angst zu tun. Denn schließlich, wenn man das Vöglein, das unserem Verstand weise Ratschläge zuzwitschert (»Bist du dir auch wirklich sicher, dass du keine Dummheit begehst?«), nicht von einer Dampfwalze unterscheiden kann, die uns in den klebrigen Schlamm der Ohnmacht drückt, was soll dann aus uns werden, großer Gott? Keine Panik, tun wir was, nähern wir uns dem zwiespältigen Zweifel mit einer Binokularlupe, wir werden uns doch nicht ohne Widerstand plattmachen lassen, verdammt. Schneidet mir diesen Zweifel in feine Lamellen, legt ihn in einem Tropfen Glyzerin auf ein Plättchen, stellt scharf, und was seht ihr?

Nichts? Nur Schwarz?

Klar, ihr habt die Schutzkappen nicht abgenommen, die Objektive sind verschlossen. Nehmt die Kappen ab, dreht am Rädchen, stellt die Schärfe ein. Ich reg mich nicht auf, ich weiß, wir sind Anfänger, aber dennoch, ein bisschen was könnt ihr auch dazu beitragen. Was sehen wir? Der destruktive Zweifel weist eine zartrosa Färbung auf, die ins Rötliche wechselt, wenn man ihn zerdrückt, während der belebende Zweifel weiß bleibt. Wir atmen auf. Den Unterschied sieht man sehr deutlich. Ich höre schon wieder einige launische Geister, die euch einreden wollen, ich hätte die Proben durcheinandergebracht, wir wären dabei, die Physiologie des Zweifels mit der von Röhrlingen zu verwechseln. Der Satansröhrling unterscheidet sich nämlich vom essbaren Röhrling durch ebendiese rote Farbnuance. Ich sage: Vorsicht! Mit dem Hinweis, dass sich in beiden Fällen diese rosa Färbung findet, entferne ich mich durchaus nicht vom Thema und streife pilzsammelnd durchs Unterholz, keineswegs, ihr zweifelt mir viel zu sehr. Ich entferne mich nicht, denn die Zweifel wachsen auf dem Waldboden unserer Taten wie die Röhrlinge im Halbschatten. Ihr seht, wir haben uns unnötigerweise beunruhigt, die Sache klärt sich ganz schnell auf. Seid nur vorsichtig, achtet auf diese heimtückische kleine Färbung und hört auf zu zweifeln, wenn ihr Bauchschmerzen bekommt: Dann habt ihr nämlich versehentlich den schlechten Röhrling geschluckt, versucht ihn auszuspucken und übertreibt es nicht. Wohingegen der Genuss eines guten, heilsamen Zweifels euren Geist belebt und euch hilft, die Klippe der Selbstgefälligkeit zu umschiffen. Vor dieser Klippe seht euch vor, wie schnell ist man dort gestrandet, allein und verzweifelt, denn die einsame Insel der Selbstgerechtigkeit ist gar nicht so lustig, wie man sich das immer vorstellt. Verspeist also von Zeit zu Zeit einen essbaren Zweifel und haltet aufs offene Meer zu.

Ich stelle fest, ihr hört gar nicht zu, ihr liegt faul auf eurem Bett und blättert ein bisschen zu achtlos in diesem Buch. Ich warne euch. Zwar liest es sich schnell, es ist leicht, beinahe flüchtig, aber der Boden unter ihm ist ungeheuer dicht. Geht nicht daran vorbei, traut nicht dem Schein. Euch fehlt das Maß: Entweder ihr lest zu viel, oder ihr trödelt herum, kontrolliert euch ein bisschen besser, das habe ich euch schon früher zehnmal gesagt. Ihr wollt doch nicht, dass ich es euch zum elften Mal sage, das nervt euch, ihr seid dagegen? Kann ich sehr gut verstehen, aber es ist zwanzig nach zehn, und wir können uns nicht den Luxus erlauben, uns weiter zu verspäten, falls eure Empörung um sich greift. Schade, ich bedaure das noch weit mehr als ihr, denn ich habe fürs Empören eine eindeutige Schwäche. Außerdem ist es gar nicht mal meine Schuld, sondern die des Themas. Des ehrgeizigen, anspruchsvollen. Das uns just da über den Weg läuft, wo wir am wenigsten mit ihm gerechnet haben. Das uns keinen Moment verschnaufen lässt, wir können gar nichts machen. Empört euch nicht über Kleinigkeiten, spart euch eure Energie für die Revolution auf.

Dabei gehören wir noch zu den privilegierten Leuten, das sollte uns klar sein. Weit beunruhigender sind andere Fälle, und die muss ich bei meinem Knäuel unbedingt berücksichtigen. Ich meine Leute, die gar nichts von der Existenz meines *Kleinen Ratgebers* von damals wissen, ja, die gibt es. Es ist die nackte Wahrheit, auch ich bin erstaunt. Aber die Zahlen sprechen für sich. 5 999 999 999 Personen haben das Büchlein nicht gelesen. Wie wollt ihr, dass unter diesen Bedingungen die Welt ihre Probleme gelöst hätte? Ergebnis dieser Gedankenlosigkeit: der Krieg. Obwohl ich mir damals sogar die Mühe gemacht hatte, meinen Ratgeber ein paar hundert heißen Kriegern, die auf den Vulkanen dieser Welt postiert sind, zu schicken, wobei ich für George die wichtigsten Stellen eigens unterstrichen hatte.

Und doch, Ergebnis gleich null. Angeblich waren die heißen Krieger mit den Gedanken nicht bei der Lektüre, das ist das Problem. Wenn man mit den Gedanken nicht bei der Lektüre ist, dann ist man mit ihnen bei der Maschinenpistole oder beim Bomber (auf dem Bomber?/im Bomber? Seht doch mal schnell im Wörterbuch … Nein, nicht unter »Antarktis«, unter »Bomber«, Herrgott noch mal, seid ein bisschen beweglich. Klammert euch nicht an eure erste Idee, das ist ja beinahe neurotisch. Wir sind schon eine gute Weile fertig mit der Antarktis, das ist Vergangenheit, wir sind mit aufgeblendeten Scheinwerfern unterwegs in die Zukunft, es ist Dienstag, möchte ich euch erinnern, und bereits heller Vormittag. Wir pfeifen darauf, dass wir das Problem mit »in« oder »auf« der Antarktis nicht gelöst haben, ich sagte euch doch, es hat keine vorrangige Bedeutung, bedenkt, dass ich in vier Jahren weder das Problem mit dem »ersten Besten« noch das mit dem »Kaffee im Café« noch das mit den »anstehenden Angelegenheiten« gelöst habe).

Beruhigt euch, nehmt ein Bad. Wenn ihr wollt, wenn ihr wirklich erleben wollt, wie die befriedete Sonne des Sieges glorreich am Horizont aufgeht, rot vor Vergnügen und nicht von Blut, und ihr gleichzeitig leichtfüßig und friedfertig aus eurem Bett springt, dann müssen wir mit diesen albernen Pingeligkeiten aufhören. Wenn ihr unter »Bomber« nichts findet, dann lasst es gut sein, verdammt, man muss seine Niederlagen auch einstecken können und nach vorn schauen.

Und so kommen wir unauffällig und ganz locker auf das Thema Liebe zurück, das wir uns hier und da noch mal ein wenig vornehmen müssen, denn so ist das Leben, dass es sich geradlinig vor uns abzeichnet mit seinen himmelschreienden Überraschungen. Aber das Thema Liebe ist mitnichten sehr komplex, es reicht, wenn wir in einigen Kernfragen den Nagel einschlagen. Keine Sorge, ich werde es ganz vorsichtig tun.

Ganz nebenbei frage ich mich, ob dieser vielfach verwendete Ausdruck *den Nagel einschlagen* von mir stammt. Oder von einem meiner Freunde, wo ich ihn gestohlen hätte, ohne es zu bemerken? Dem schon erwähnten Freund, der seine Ideen vor aller Augen herumliegen lässt, dass es eine regelrechte Aufforderung zur Gewalt ist. Es sei denn, der Ausdruck ist von mir. Nirgendwo in seinem Werk findet sich ein Hinweis, dass das Plündern von Ideen mit einjähriger Gefängnisstrafe geahndet würde. Wobei ich finde, dass *ein Jahr Gefängnis* übertrieben viel ist für zwei so lächerliche Ausdrücke wie »Entspannt euch« und »Den Nagel einschlagen«. Doch keine Bange, mit diesen juristischen Formeln schweife ich nicht etwa zu meinem Kriminalroman ab und zu der Geschichte von dem Typen, der in der Nacht einen Waldweg entlanggeht, und wer es ist und warum. Er geht übrigens weder spazieren noch ist er auf der Flucht, nicht im Geringsten, passt auf, dass eure Einbildungskraft nicht mit euch durchgeht. Er ist einfach auf dem

Nachhauseweg, ohne zu ahnen, dass er an einer ganz gemeinen Stelle vorbeikommen wird. Doch lassen wir uns nicht mitreißen, hören wir hier auf. Ich weiß, ihr seid enttäuscht. Ich auch, aber wir haben Dienstag.

Ein Jahr Knast, das ist sogar enorm. Wo kommen wir da hin? Denn wer kann sagen, wo ich das Wort »abschweifen«, das Wort »Knäuel«, das Wort »Antarktis« herhabe? Wer kann wissen, ob es von mir, von meinem Freund, von Dumas, Montaigne oder einem von euch ist?

Brechen wir hier ab, ich weiß nicht, ob ihr euch bewusst seid, dass uns eure ethischen Skrupel einen Haufen Zeit kosten. Dieses Ethos ehrt euch, aber es hält uns auf. Wir haben zehn Minuten Verspätung (zehn). Dabei dürfen wir doch keinen Augenblick in unserer Wachsamkeit nachlassen, überall lauern die Feinde, denen das Anliegen unserer kleinen Bücher völlig egal ist. Stoßen wir nicht ins Horn, der Sieg ist noch längst nicht errungen. Denn es wird immer ein paar nicht überzeugte Miesmacher geben, diese Leute sterben nie aus, die der Welt auf den Wecker gehen, Typen mit Hut auf, die nichts begriffen, nichts gehört haben über dem Lärm ihrer verdammten Maschinenpistolen (Maschinengewehre?/Sturmgewehre?) und die für sich allein schon unser gesamtes Befriedungsprogramm sowohl auf der Ebene des Krieges als auch der Liebe und der Pflanzen in Gefahr bringen. Da reicht eine Handvoll von diesen Typen. Also müssen wir den abgewickelten Faden mit aller Macht festhalten, um zu verhindern, dass sie ihn *in inversum* erneut zu einem tragischen Knäuel verheddern. Das heißt also, immer wieder einhämmern, wiederholen, den Horizont mit dem Vorschlaghammer freiräumen. Ich halte meinen Faden fest in der Hand, ich weiche nicht und sollte ich mich mit jedem Ratgeber aufs Neue gegen sie stemmen müssen. Man muss dranbleiben, man muss daran glauben, ich lasse mich doch von zwei Milliarden Kerlen in Waffen nicht zum Aufgeben zwingen, das meint ihr nicht im Ernst.

Bleiben wir ganz gelassen, gehen wir der Reihe nach vor. Der Tag eilt wie im Fluge dahin, und wenn ich auch schon viele grundsätzliche Fragen geklärt habe, sind wir doch noch nicht am Ende unseres Weges.

Ihr habt nicht bemerkt, dass ich schon viele Fragen geklärt habe? Das ist Absicht, es ist sogar der untrügliche Beweis für den Erfolg meines Unternehmens, ich reibe mir die Hände. Ich wünsche mir nämlich nichts anderes, als dass diese Lektüre eine nahrhafte Freude bleiben möge, wie ehrgeizig ihr Thema auch sei: Solltet ihr darum das Gefühl haben, ein paar Fragen, ja sogar *alle* Fragen irgendwie verpasst zu haben, so macht euch keine Sorgen, sie sind nämlich, *ohne dass ihr es bemerkt habt,* in euren Geist gedrungen, da sie zwischen den Zeilen stehen. Ich hoffe, ihr begreift den Coup: Ich führe euch die Themen nicht frontal vor, in ihrer ganzen spröden Materie, o nein, ich schiebe sie heimlich unter den Text, nachdem ich sie vorher in feine, nahezu durchsichtige Scheibchen zerlegt habe. Ihr nehmt sie gar nicht wahr, doch sie sind da und breiten sich langsam und unauffällig in euren Gehirnwindungen aus, indem wir in angenehmer Gesellschaft über dieses und jenes plaudern. Ihr seht, welche Mühe ich mir mache, um euch euren Einsatz zu erleichtern. Ein raffiniertes Verfahren, fast teuflisch.

Ich selbst habe es entwickelt, es ist ganz neu. Früher, als ich es noch nicht anwandte, habt ihr mitunter gemurrt, euch mitunter auch verdrückt, ich erinnere mich noch gut. Seitdem habe ich intensiv nachgedacht, wie ich meine Methode verfeinern könnte. Das Kino arbeitet schon lange mit dem unterschwelligen Bild, aber in der Literatur war es noch nie versucht worden. Man musste es eben mal wagen, und ich hab's getan. Ganz allein. Ich habe eine Erfindung erfunden (bringt mir diesen Lapsus in Ordnung), um in einer Literatur luftig wie Klöppelspitze ein gewichtiges Anliegen unterzubringen. So dass der Eindruck eines harmlosen Schmökers entsteht, der keinen großen Schaden anrichtet, bei dem aber auch unser Vergnügungsbedürfnis auf seine Kosten kommt. Einer Literatur, so könnte man meinen, die gerade gut genug ist, um sie den Hühnern zum Fraß vorzuwerfen. Aber »Achtung!«, sage ich, täuscht euch nicht. Zum einen sind Hühner ein schwieriges Völkchen, sie fressen nicht irgendwas. Zum anderen steckt gerade in dieser bewusst unterhaltsamen Literatur, unter weißer Gaze verborgen, regelrechter Sprengstoff mit Langzeitwirkung. Das hat mich monatelanges Experimentieren gekostet, mit wiederholten Tests an achtundsiebzig Versuchskaninchen (ich spreche von Meerschweinchen, *Cavia porcellus*, nicht von Menschen, für wen haltet ihr mich?). Infusion, Infiltration, alles *ganz unauffällig.* So werdet ihr am Ende dieses Buches in einem fast euphorischen Zustand luzider Glückseligkeit sein und nicht mal begreifen, wie das vor sich gegangen ist. Gebt zu, das ist nicht alltäglich.

Nein, rechnet nicht damit, dass ich euch das Rezept dieser außergewöhnlichen Erfindung herausrücke.

Viel zu gefährlich, das Instrument gehört nicht in aller Hände. Stellt euch vor, so ein Typ mit Hut bemächtigte sich seiner zu verwerflichen Zielen. Wie fändet ihr das?

Ah, ich verstehe, ihr fürchtet, unterschwellige Gedanken zu schlucken, die nicht nach eurem Geschmack sind. Bleibt ganz entspannt und geht in aller Ruhe Strandschnecken sammeln. Denn ich betrüge nicht, ich falle euch nicht in den Rücken. Dieser feine, leicht bittere Geschmack, den ihr mitunter beim Lesen wahrnehmt, das sind sie. Ein Nebeneffekt, den ich nicht mildern konnte: Tiefgründige Gedanken behalten immer eine Spur Bitternis, woran man ihre Komplexität erkennt. Nichts Ernstes allerdings, geschluckt und schon vergessen, kaum dass ihr das Gesicht verzieht. Bei aufmerksamer Lektüre und ein wenig Erfahrung könnt ihr sie also leicht ausmachen. Und sollten sie euch nicht gefallen, steht es euch frei, sie zurückzugeben. Ihr seid erwachsen, ich halte euch nicht zurück.

Es liegt noch eine derartige Menge Arbeit vor uns, dass ich sie lieber nicht beziffern will, ich fürchte, ihr würdet nervös werden. Und ich brauche doch alle eure Kräfte. Dazu solltet ihr ruhig, bedächtig, entschlossen sein, aber nicht hektisch. Hektik verdirbt alles, selbst die Besten unter uns, ich kann ein Lied davon singen. Ich habe einst in aller Ausführlichkeit mit euch über die unheilvollen Folgen der Ungeduld gesprochen, darauf kommen wir nicht mehr zurück, wir sausen in Windeseile auf unser Ziel zu. Ich persönlich bin ganz ruhig. Bin es von Natur aus. Ich kann stundenlang auf einen Grashalm starren, ohne nervös zu werden, was wollt ihr mehr. Wenn ich jetzt das Tempo beschleunige und mir die Nächte um die Ohren haue, so seht darin keinerlei Zeichen von Angst, vielmehr einen reiflich überlegten Entschluss, den ich in ruhiger Einschätzung der kolossalen Menge an Arbeit getroffen habe, die noch vor uns liegt, wie auch ihrer Dringlichkeit. Also konzentriert euch, fasst fest die Leine eurer Wasserski, der Widerstand nimmt gleich zu, lasst nicht los, jetzt ist nicht der Augenblick, wir sind auf offener See und nehmen unmittelbar Kurs auf die Sonne von Samstag, ihr werdet die Reise nicht bedauern. Ich persönlich bin nie Wasserski gefahren.

Ich erinnere mich deutlich, dass ich euch zu Beginn dieser Schrift ein Beispiel aus der rauen Wirklichkeit versprochen hatte, es kommt auch gleich, niemand braucht sich um diesen verdammten Faden zu sorgen. Bis jetzt haben wir uns noch keinen Seitensprung geleistet, das ist phänomenal, ich hoffe sehr, es bleibt so bis zum Schluss. Ich kann Autoren nicht leiden, die unter Missachtung ihres Sujets lauter spinnertes Zeug faseln, diese Wahnsinnigen hinterm Steuer, die die Literatur regelrecht untergraben. So was stört mich. Und da bin ich eisern, ja manchmal stur. Unbeirrt wie der Fuchs hinter seiner Beute sind wir hinter unserem Thema her, bis zum Bauch stecken wir drin. So ist es mir lieber, immerhin sind wir Profis. Ich hoffe, ihr habt heute Morgen gut gefrühstückt, denn wegen solcher Nebensächlichkeiten können wir nun nicht mehr anhalten. Habt ihr alle Strandschnecken aufgegessen? Sehr gut, die sind reich an Jod, das hält lange vor. Nur Mut, nehmt euch an Beispiel an mir, seht euch an, wie ich mein Leben wieder in den Griff bekommen habe.

Wohlgemerkt, ich bin nicht hier, um über mich zu reden, ich habe auch gar keine Lust dazu, so was liegt mir nicht. Aber ich habe mein Leben in recht ungewöhnlichem Maße wieder in den Griff bekommen, ich meine, ganz persönlich. Es steht euch frei, es ebenso zu machen. Und zwar habe ich es jetzt so gut im Griff, dass ich mir keine Gedanken mehr um den Mann meines Lebens mache (über diesen Ausdruck gäbe es bekanntlich viel zu sagen, aber wir haben uns in der Vergangenheit nun mal darauf geeinigt, um die Sache nicht komplizierter zu machen, die so einfach ist). Wenn ich sie hier beiläufig erwähne, dann, damit euch klar wird, wie unklug es von euch ist, wenn ihr gelegentlich eure Wachsamkeit, euren Freien Willen und euer Tiefinnerstes irgendwo liegen lasst, man erkennt es an diesen Anfällen von Sorge, die euch hie und da überkommen. Der Beweis: Ihr sammelt *viel zu viele* Napfschnecken, ein sehr beredtes Symptom, während ihr euch andererseits nicht genügend entspannen könnt, um korrekt eine Ente zu zeichnen.

Was mich angeht, ich habe keine Sorgen mehr, und ich sammle allenfalls zwei, drei Napfschnecken am Tag, nicht mehr. *Al contrario*, ich kann euch Enten zeichnen, so viel ihr wollt, sogar Häuser, Windmühlen und Mäuse. Womit ich andeuten will, dass man durch die Lösung des Sorgenproblems immens viel Zeit gewinnt, dazu eine unglaubliche Sanftmut, einen gefassten Blick auf die Dinge und eine um vieles erhöhte Sinnesschärfe. Haltet die Leine fest, ich flehe euch an, sonst fallt ihr ins Wasser. Ich hoffe, ihr habt die Wörterbücher nicht mit an Bord genommen, dadurch kriegen wir zu viel Tiefgang, auch eure blöden Napfschnecken nicht, schmeißt das alles raus.

Ich habe also keine Sorgen mehr, sagte ich, was euch vermutlich ein wenig eifersüchtig macht. Ich will ja keinen Stein auf euch werfen, aber dieses Gefühl solltet ihr schnellstens vergessen, es schadet nur den Nerven. Ich möchte den Nagel nicht noch tiefer einschlagen und euch wehtun, aber das Beispiel ist mir doch wichtig: Ich mache mir in einem solchen Maße keine Gedanken mehr um den Mann meines Lebens, dass ich nicht mal weiß, wo er sich gerade aufhält. Und dass man zu einer so ungewöhnlichen Abgeklärtheit gelangt, ist nun wahrlich nicht alltäglich. Ich weiß nicht, ist er in den Anden, in der Antarktis (in?/auf?, lasst es gut sein, wir haben ja die Wörterbücher nicht mehr, die haben jetzt die Napfschnecken unten im Wasser) oder in Russland (in Russland?/über Russland?). Aber warum sollten die Napfschnecken uns eigentlich nicht ein wenig behilflich sein, da sie ja nun im Besitz der Wörterbücher sind, schließlich sind sie auch mit im Knäuel und genau wie wir von der herkulischen Arbeit des Abwickelns betroffen, an dem wir so verbissen dran sind. Sie sind sogar vorrangig betroffen in Anbetracht der Mengen an havariertem Erdöl, die ins Meer gelangen und die sie alljährlich ausbaden müssen, wie die Seevögel, wobei das Erdöl als mineralische (pflanzliche?) Substanz ja auch noch mit im Knäuel ist und die Welt öfter als nötig in eine missliche Lage bringt. Ich weiß überhaupt nicht, wo der Mann meines Lebens ist, ich habe nicht die geringste Ahnung. Nein, wenn ihr ihn seht, ruft mich nicht an, ich will mir keine Sorgen machen.

Und dieses gelassene Nichtwissen hindert mich in keiner Weise daran, Mäuse zu zeichnen. Ihr seht also. Möglicherweise ist er in den Anden. Bemerkt, wie ruhig ich bleibe. Sollte er in dieser Gegend hier vorbeikommen, okay, will ich gern mit ihm zu Abend essen. Ich bin kein Freund von Zwietracht, die schadet nur den Seevögeln. Ich habe das Wort übrigens mit dem Cuttermesser sorgfältig aus dem Lexikon herausgeschnitten. Vorsicht aber mit den Fingern, falls ihr es ebenso machen wolltet, was ich euch wärmstens empfehle. Und bei diesem leicht korrigierten Leben habe ich meine Ruhe.

Auch der Mann meines Lebens verhält sich ruhig,

was etwas irritierend, wenn auch ohne große Bedeutung ist, und so geht er barfuß durch die Welt, ohne sich um irgendetwas zu bekümmern. Ebenso meine Mutter, die die Ruhe selbst ist.

Sie ist mit einem noblen Herzen und einem unabhängigen Geist geboren und trägt ihren FW und ihr TI, mit 12er-Schrauben direkt am Körper befestigt, immer bei sich. Der Erste, dem es einfällt, meine Mutter zu kritisieren, geht mir auf der Stelle von Bord und schwimmt an Land zurück, darauf hatten wir uns von Anfang an geeinigt, auf die Spielregeln kommen wir nicht mehr zurück. Oder wer meine Schwester, meinen Bruder, meinen Vater kritisiert, meinen Sohn, meine Neffen, deren Mutter, ihr kennt die Liste. Nicht dass ich Ausnahmen geltend machen will, aber trotzdem, achtet ein bisschen auf das, was ihr sagt, auch ich habe eine Familie. Oder wer den Mann meines Lebens kritisiert: Ihr seht an dieser großherzigen Milde, was für einen Riesenfortschritt dies für mich bedeutet, wenn man weiß, dass der Mann meines Lebens (die Männer meines Lebens? / die Männer meiner Leben?), freundlich ausgedrückt, nicht immer die reine Sahne war. Aber auf meiner Seite gibt es keinen Groll, keinen Vorwurf, nichts. Ich kenne nicht mal mehr die genaue Bedeutung dieser Begriffe, auch die habe ich mit dem Cutter aus dem Wörterbuch herausgeschnitten, seelenruhig und die Finger mit Mull umwickelt, um jede Verletzung zu vermeiden. Gebt zu, das ist eine ziemlich ungewöhnliche Situation. Und wenn ich sage, dass ich euch ins Meer werfe, Achtung, dann erkläre ich euch nicht den Krieg – ich bin gegen Krieg. Nein, ich werfe euch in friedlicher Absicht über Bord und ohne euch böse zu sein.

Möglicherweise ist er auf (in?) den Antillen. Oder auf (in?/auf dem Wege nach?) Feuerland.

Ich ahne, wir werden bald wieder vom Krieg sprechen, haltet euch an den Bullaugen fest, wir geben mal ein bisschen Gas, hohes Tempo macht euch doch keine Angst.

Der Erste, der an eine bestimmt Sache denkt, sagt es mir, die Arme könnt ihr jetzt wieder fallen lassen.

Ja, ich weiß. Das sagtet ihr schon mal. Macht euch keinen Kopf wegen dieses Fadens, grübelt nicht immer wieder über eure Ängste nach, das legt sich mächtig aufs Gemüt. Sagt etwas anderes.

Ich will lieber nichts gehört haben. Also werde ich etwas sagen.

Ich habe vergessen, euch auf eine Sache hinzuweisen (zweimal »Sache« in neun Zeilen, das ist eindeutig zu viel. Ich schlage vor, dass wir die Wörterbücher wieder an Bord nehmen, letztendlich mag ich ohne sie doch nicht recht auskommen). Ich fahre fort, lenkt mich nicht ständig ab, wir riskieren, an Geschwindigkeit zu verlieren. Also, ich habe vergessen, euch auf eine Sache hinzuweisen: Dieses kleine Opus, über dem wir Blut und Wasser schwitzen, angespornt von einem ehrgeizigen Thema, das uns unglücklicherweise mit voller Wucht traf, dieses kleine Opus *wird nicht veröffentlicht werden.*

Nein.

Das ist ein harter Schlag, lasst aber nicht gleich los, ihr würdet euch in den Tod stürzen, wir überfliegen gerade ein Gebiet mit besonders heiklen, wenn auch unterschwelligen Begriffen. Spürt ihr die leichte Bitternis, von der ich vorhin sprach? Genau das sind sie. Und das macht durstig, klar. Doch ich hoffe, ihr habt eure Vorkehrungen getroffen, bevor ihr mir gefolgt seid, denn wegen solcher Lappalien können wir auf keinen Fall mehr anhalten. Samstag werden wir was trinken. Vielleicht schon Freitag, wenn wir Glück haben, wir werden mal Gas geben, haltet euch gerade da oben auf der Brücke, steht mit gespreizten Beinen, verlagert euren Schwerpunkt nach unten, fallt bloß nicht um. Esst ein Stück Zucker, das hilft gegen die Bitternis.

Es wird nicht veröffentlicht werden, so ist es, *c'est la vie*. Was umso bedauerlicher ist, als es in dem Werk um das Angstgefühl des Knäuels geht, immerhin kein belangloses Thema. Dennoch sage ich: Na und, das ist eine Chance, die man nicht alle Tage hat. Denn durch diesen Umstand sind wir nun ganz unter uns und können vertraulich miteinander plaudern, ohne irgendwelche öffentliche Verantwortung. Wenn nämlich ein Buch gedruckt wird, seid ihr sofort eingeengt durch die Öffentlichkeit, die euch argwöhnisch belauert, dann könnt ihr nicht mehr ungeniert über die heißen Krieger herziehen, denkt nur an den Ärger, den ihr mit dem Auswärtigem Amt kriegen könnt, das kann weit führen, sehr weit, lasst euch bloß nicht ohne meinen Rat auf so etwas ein. Nun aber sind wir ein kleines Gremium und können frei und ohne irgendeine Zensur unsere Standpunkte austauschen, das ist schon eine seltene Chance. Und wenn ich »unsere« Standpunkte sage, dann meine ich vor allem die meinigen, versetzt euch mal einen Augenblick an meine Stelle, denn wenn ihr mir ständig ins Wort fallt, werden wir unser Ding nie bis zum samstäglichen Sonnenaufgang unter Dach und Fach haben. Den Langschläfern, die nie mit eigenen Augen gesehen haben, wie die Sonne an einem klaren Morgen aufgeht, sei gesagt, dass der Himmel bei Sonnenaufgang genauso rot ist wie bei ihrem Untergang. Aber sicher, denn die Brechung des Lichts durch die Erdatmosphäre ist bei ihrem Eintritt auf der einen Seite die gleiche wie bei ihrem Austritt auf der anderen. Könnt ihr mir folgen?

Könnt ihr mir folgen?
Rot beim Untergang, rot beim Aufgang.

Begreift ihr allmählich den Sinn, der darin steckt?

Gut, fahren wir fort. Verzeiht diesen Abstecher, aber wir können nicht in angenehmer Gesellschaft miteinander plaudern, wenn die Voraussetzungen nicht gegeben sind, das müsst ihr verstehen. Es sind ein paar unter euch, die in der Schule nie zugehört haben. Und dann wundern sie sich. Wir machen schlapp bei dem Wind, das ist schon verständlich, ich habe seit nunmehr sechsundzwanzig Stunden kein Auge zugetan. Wir werden mal wieder Kohle in den Kessel schippen, legt ordentlich nach und dann alle Kraft voraus. Dass der alte Pott kurz vorm Explodieren ist, interessiert mich nicht, ich verlange von ihm nicht, zu explodieren, sondern sich zu bewegen. Seit wann, Kumpel, kommt ihr uns mit euren Kesselsorgen, wenn es um das Schicksal der Menschheit geht wie um die hellsichtige Glückseligkeit meiner Gefährten in diesem Abenteuer? Habt ihr den Verstand verloren? Packt euren technischen Kram ein, ein bisschen Zartgefühl, bitte. Wir sind nicht mit Eisenbahnschienen unterwegs nach Liverpool. Wir nehmen Kurs auf die Sonne von Austerlitz, auf eine totale Befreiung der Menschheit, auf ein einvernehmlich geteiltes Glück ohne allen Betrug, ich hoffe, ihr begreift den Unterschied.

Ach so. Das ist natürlich was anderes. Wenn ihr *gegen* ein einvernehmliches und geteiltes Glück seid, verstehe ich, warum ihr euch sträubt, diesen Kessel hochzufahren. Das ist Sabotage. Ihr lasst mir keine Wahl, der Einsatz ist zu hoch, zu gewichtig. Ab mit euch über Bord, und schwimmt zum Kontinent der Nichtswürdigen zurück, mit feigen Seelen können wir an Deck nichts anfangen. Wir finden schon einen anderen Maschinisten, seid unbesorgt. Nehmt euren Schwimmring und euer Beiboot und immer eine gute Brise!

Wir werden den Druck steigern können, jetzt wird's spannend, haltet euch an der Reling fest. Ja, Samstag ist gut, viel besser als Freitag, da arbeiten die Leute nicht, sie werden in Scharen auf der Straße sein. Es sei denn, sie haben sich alle in den Pulverschnee verzogen (es scheint, in diesem Jahr gibt es viel Neuschnee auf den Pisten, ich persönlich verstehe ja nichts davon), so dass am Samstag kein Schwein da sein wird. Außer mir. Ich allein rackere mich hier ab, weiß der Teufel warum, während alle anderen sich im Schnee tummeln.

Aber ich mag Skifahren ohnehin nicht.

So dass in puncto Echo in der Menge Samstag oder Freitag schon keinen Unterschied mehr macht. Wir werden ziemlich allein sein. Das ist uns egal, es schreckt mich nicht und euch auch nicht, ich sehe, ihr seid alle wieder im Besitz eures TI, wunderbar. Sagen wir doch gleich Freitag, je früher, desto besser, je früher wir fertig sind, umso eher gibt's wieder was Ordentliches zu essen, und werden wir auch wieder einen guten Kriminalroman lesen können.

Unsere kleine Schrift wird also nicht gedruckt werden, besser so, sage ich, es lebe die Freiheit, plaudern wir eben im kleinen Kreis frei und in aller Freiheit wie auch guter Gesellschaft (dreimal »frei« und »Freiheit«, das ist ein bisschen heftig, aber lasst es so stehen, es ist Absicht, um dem Gedanken mehr Nachdruck zu verleihen). Mein kleiner Ratgeber *Vom Sinn des Lebens* sollte damals übrigens auch nicht veröffentlicht werden, da war eine Weiche falsch gestellt worden. Er sollte unter der Hand erscheinen und weitergereicht werden wie einst die antinapoleonischen Flugblätter, nur um euch mal die Atmosphäre zu vergegenwärtigen. Ein wenig Respekt bitte, kein Geringerer als Victor Hugo hat diese Flugblätter in Umlauf gebracht, und zwar in Absprache mit meinem Ururgroßvater, der die Aktion als Verteiler auf der Höhe der Gemeinde Villiers-d'Écaudart, Normandie, leitete. *Napoleon der Dritte ist ein Idiot. Gib's dem Nachbarn, der lacht sich tot.* Nicht dass ihr denkt, ich erzähl euch irgendwelchen Blödsinn, mein Urahn Delphin war ein echter Revolutionär, ihr seht, so was hinterlässt Spuren in den besten Familien, überlegt euch gut, wie ihr eure Kinder erzieht. Ich persönlich säe in meinem Kind das Korn der Revolution zusammen mit dem der Reflexion, wobei ich sehr darauf achte, dass keines von beiden zehn Minuten früher als das andere seine erste Spitze zeigt. Beide Körner sprießen gemeinsam, Popo an Popo und zur selben Zeit. Ich komme nicht noch einmal auf die Entscheidung meiner Mutter in der Frage unserer Geburt zurück, ich habe schon einiges dazu gesagt, und so große Bedeutung hat es nun wieder auch nicht.

Da wir nun also unter uns sind und weder von den Medien behelligt werden noch von merkantilen Erwägungen belastet sind, wie sie zwangsläufig bei jeder Art Veröffentlichung anfallen, »ist uns wohl«. Wir sind ruhig, gelassen. Ich klaue mir diesen Ausdruck von meinem Bruder, der, sobald er mal einen Moment das Leben in aller Gelassenheit genießen kann, was selten vorkommt, und sich zum Beispiel ganz und gar untätig auf eine Bank setzt, augenblicklich das Bedürfnis verspürt, die Sache zu kommentieren: »Mir ist wohl.« Es lohnt sich, darüber nachzudenken.

Ich sagte euch ja, alles im Leben fügt sich. Uns ist wohl.

Kann sein, dass der Mann meines Lebens gar nicht auf dem Weg nach Feuerland ist, wieso kam ich bloß darauf? Vielleicht ist er schlicht in Polynesien. Und da soll ihn erst mal einer finden.

Aber auch das ist nicht weiter tragisch. Ein Kerl darf sich schließlich die Freiheit nehmen, wie ein Schmetterling von Blume zu Blume zu flattern, zum Nordpol, zum Südpol (an den? / über den?), oder Enten in den Schnee zu zeichnen, rennen wir uns nicht den Schädel am Fels der Freiheit anderer Leute ein, das wäre das Letzte. Ich habe schon genug Ärger mit denen, die über meiner Freiheit die Nerven verlieren.

Da wir nun also unter uns sind und endlich zwanglos und frei von den dubiosen Gesetzen des Marktes miteinander plaudern können, sollten wir uns vielleicht ein wenig organisieren, ohne dass ich euch Vorschriften machen will. Ich gebe nur zu bedenken, dass wir mehrere Hunderttausend sind, und so eine Menge bringt man nicht irgendwo unter. Ihr habt natürlich Vorschläge, ich habe es nicht anders erwartet, aber ich habe auch welche, stellt euch vor. Treffen wir uns im Parc de la Villette, da haben wir genügend Platz. Ich bringe mein Mikrofon mit, damit können wir uns in kleiner Runde leichter verständigen. Sicher könnt ihr auch eure eigenen Mikros mitbringen, ich bin nicht die Frau, anderen Leuten den Mund zu verbieten. Das wäre ja noch schöner. Ich bitte euch sogar ausdrücklich darum, sie mitzubringen, denn wie sollten wir andernfalls Meinungen austauschen? Überlegt mal eine Minute, lasst nicht nach in eurer Aufmerksamkeit, jetzt ist nicht der Augenblick, da wir uns in geschlossener Menge auf La Villette zubewegen. Aber bitte etwas Zurückhaltung mit diesen verdammten Mikrofonen, sobald man nämlich eins in der Hand hat, neigt man dazu, es zu missbrauchen und jeden Stuss hineinzusprechen, ich rede aus Erfahrung. Es tut mir leid, dass ich euch brutal in die Wirklichkeit zurückhole, doch in einer halben Stunde haben wir Mittwoch. Ja, schon. Ihr sagt es. Also seid so nett und übertreibt es nicht mit diesen Geräten. Brüllt mir bitte auch keine unsinnigen Ideen zu, das würde uns nur in ärgerliche Abschweifungen verwickeln. Überlasst die Angelegenheit den Profis. Gerade eben, zum Beispiel, ist mir der Kessel von dem alten Pott in die Luft geflogen. Wahrscheinlich lag es an meiner Ungeduld, aber vor allem an meinem fehlenden Wissen. In der Welt der Ideen hingegen kenne ich mich besser aus. Das sage ich nicht, um euch zu verletzen, durchaus nicht. Es ist schlicht mein Job, und den tue ich.

Ich merke, ihr seid skeptisch, ja, ihr sträubt euch auf einmal. Ein sehr gutes Zeichen, das freut mich, denn es beweist mir, dass ihr alle euren FW wiedergefunden habt, als ich euch sagte, dass alles im Leben sich fügt. Jetzt sträubt ihr euch also. Ihr verlangt einen Beweis, das ist euer gutes Recht. Nun denn, in der Dreiviertelstunde, die ihr schon entspannt auf eurem Bett liegt und in diesem Opus blättert, habt ihr, ohne es zu bemerken, achtundzwanzig Konzepte geschluckt, nicht gerechnet diejenigen, die deutlich sichtbar auf dem Kamin lagen, nämlich die Konzepte Nutzlosigkeit, Nichtstun, Langsamkeit und *tutti quanti*. Gebt zu, da seid ihr platt. Über dreißig Konzepte in weniger als einer Stunde inhaliert, die nun still und leise durch eure Gehirnwindungen wandern. Allein bei der Lektüre einer kleinen Schrift, die ihr für simpel hieltet und bestenfalls als Hühnerfutter geeignet. Wie bitte? Spürt ihr nicht den Unterschied? Nach einer Dreiviertelstunde? Macht euch nicht über mich lustig, beherrscht euch ein bisschen, man muss sich ja für euch schämen, vielleicht legt ihr mal die Mikros weg. Konzepte sickern *während des Schlafs* ins Bewusstsein, genau wie mathematische Formeln, solche vor allem, die auf unterschwellige Weise so mir nichts, dir nichts aufgenommen wurden. Schon morgen werdet ihr deren Wirkung verspüren. Eine Art Nachsicht gegenüber euch selbst, gepaart mit stählernem Selbstvertrauen (ganz entscheidend), sowie ein Quäntchen Nachsicht gegenüber anderen (was auch wichtig ist) werden in euren Adern zu kreisen beginnen und euch sanft die Waden wärmen. Dazu etwas mehr Gemächlichkeit, eine unmerkliche geistige Ruhe, aufgelockert durch einige vorwärtsdrehende Zweifel. Morgen. Bis dahin verhaltet euch ruhig, begebt euch Richtung La Villette, unsere Zeit ist knapp.

Ich sagte »Polynesien«, aber vielleicht liege ich damit vollkommen falsch. Womöglich ist er schlicht in Burkina Faso, weiß man's? Also, wenn ich darüber rede, dann lediglich, weil ich mir Sorgen um seine Gesundheit mache, mehr müsst ihr dahinter nicht vermuten. Nicht dass ich verärgert wäre, schließlich kann so ein

Kerl machen, was er will, und ich habe weiß Gott Wichtigeres zu tun, das könnt ihr mir glauben. Wenn ich mir Gedanken über ihn mache, dann rein aus Menschlichkeit, dreht eure Zunge siebenmal. Ich mag die Leute eben, ich sorge mich um ihre Gesundheit.

Es ist schön, sich so im kleinen Kreis, mit Freunden, an der Villette zusammenzufinden, ein wenig abseits vom Getöse der Stadt. Ich werde den Anfang machen, danach übergebe ich das Wort an euch, keine Sorge, mehr als fünf Stunden am Stück kann ich nicht reden. Ich hoffe, ihr habt das Thema nicht vergessen, das wäre entsetzlich.

Ich hoffe.

Ihr macht mir plötzlich Angst.

Das Thema, ich wiederhole es noch mal, aber damit mag es nun genug sein: *Das Weltknäuel und eure Glückseligkeit oder Wie man das eine abwickelt und gleichzeitig das »Sesam, öffne dich« zum anderen findet*. Ihr seht, man sollte sich besser auf die Fachleute verlassen.

Die Liebe.

Wir waren bei der Liebe. Gehen wir die Sache ganz einfach an, indem wir uns unsere Einkaufskörbe vornehmen. Beobachtet doch mal, in sexueller Hinsicht, meine ich, wenn ihr an der Kasse Schlange steht, was sich in den Einkaufskörben vor und hinter euch befindet. Darüber vergesst ihr erstens eure Ungeduld und zweitens das Verlangen, dem Vordermann ein Fleischmesser in den Rücken zu jagen, und obendrein lernt ihr etwas dabei. Wenn ich sage, in sexueller Hinsicht, dann meine ich das wissenschaftlich, ich spreche vom *Geschlechtsdimorphismus*, konkret vom Einkaufskorb des Mannes beziehungsweise dem der Frau. Nun kommt mir bloß nicht und sagt, es sei schwierig, die Körbe von Frauen und Männern auseinanderzuhalten, sonst verzweifle ich an euch und springe über die Reling. Seht euch diese Warteschlange ein gutes Weilchen an. Acht Frauen, ein Mann. Richtet eure Aufmerksamkeit auf den Inhalt des männlichen Einkaufskorbs: eine Portion Napfschnecken, zwei Sixpacks Bier und ein paar Tuben Gouachefarbe. Ich werfe auf niemanden einen Stein, gottbewahre!, bei uns zu Hause wurde oft und viel getrunken und wurden Unmengen von Stockenten gemalt. Aber ich sage mir, wenn einer schon in diesen verdammten Supermarkt geht, warum nimmt er dann nicht gleich was fürs Abendessen mit? Weil das schon die Frau erledigt hat, aber sie hat das Bier vergessen. Der Typ sieht sich also gezwungen, diese Vergesslichkeit auszubügeln, Frauen sind halt schusselig. Was soll auf einmal, wendet ihr ein, diese Aufwallung von einfältigem Feminismus seitens einer Person, die man für erfahren hielt in allen Feinheiten simultanen Denkens?

Einverstanden, aber ein kleiner Abstecher in die Einfalt kann nie schaden, vorausgesetzt, man tut es in Maßen. Zumal der Mann meines Lebens ohnehin alles macht: einkaufen, Geschirr spülen, Wäsche waschen, putzen und so weiter. Logisch, denn er lebt allein dort in Südpatagonien, irgendwie muss er ja klarkommen.

Ich habe den Bogen bewusst überspannt mit dieser Einkaufskorbgeschichte, ich wollte eure Aufmerksamkeit testen. Glückwunsch, ihr habt euch nicht täuschen lassen. Denn in unserer Dimorphismusfrage am Beispiel des Einkaufskorbes ist das Problem kein qualitatives, sondern ein quantitatives. Wir fahren fort, jetzt ohne Abschweifung: Im männlichen Einkaufskorb zählt man im Schnitt 5 Artikel (variierend zwischen 1 und 9), im weiblichen dagegen 42,6 Produkte (variierend zwischen 28 und 53,7). Ich möchte euren prompten Einwand gleich parieren: Wir forschen *im Supermarkt*, nicht auf einem malerischen kleinen Marktplatz mit buntem Angebot, wo der

Mann in der Tat mit Leidenschaft, ja heroischer Inbrunst stöbert auf der Suche nach verführerischen und poetischen Raritäten wie zarten Frühlingskräutern, kandierten Tomaten, Grünkohl aus dem Libanon – während Frauen dabei eher selten gesichtet werden. Ich spreche also von den Grundnahrungsmitteln, auf denen die gesamte Logistik eines Haushalts ruht und die man nicht in pittoresken kleinen Lädchen erwirbt, bitte merkt euch den Unterschied.

Nun tuschelt nicht hinter vorgehaltener Hand, ich würde haarspalterische Theorien über geschlechtsspezifische Einkaufskörbe in die Welt setzen. Dabei reicht die Sache ja viel weiter, macht die Augen auf, es geht bei dieser Haarspalterei nämlich um die Liebe. Bei der Frau beobachten wir eine dramatische Neigung, möglicherweise eintretende Ereignisse vorwegzunehmen, beim Mann dagegen einen gefährlichen Hang zur Sorglosigkeit. Die in ihrem Wesen negative Vorausschau der Frau verleiht ihr mächtige Phantasie im Ausdenken von Katastrophen und einer Leere, in der ein ganzes Spektrum von Bildern wie *Unterbrechung der Lebensmittelversorgung, Rohstoffknappheit, Explosion des Heizkessels, Einsturz des Hauses, Invasion von Insekten, Überschwemmung der Fundamente, Generalstreik, Krieg, Apokalypse* herumgeistert. Und gegen solche mannigfaltigen Gefahren bringt die Frau ein beeindruckendes System von Gegenmaßnahmen in Stellung, mit Vorratshaltung und Einsatz von Überlebensstrategien wie *Anlage von Lebensmittelsilos, Hamstern von Kerzen, Kleiderreserven, Fußbodenversiegelung, erdbebensicheren Vorrichtungen, Holzschutzbehandlung des Gebälks, Anlage von Gemüsebeeten, Bevorratung mit Schweinetalg, Sammeln von Kleinholz.* In drei Worten: *Beschützen des Hausstands*.

Die Neigung des Mannes zur Sorglosigkeit, zum Zufall, zum Abenteuer verleiht ihm, umgekehrt proportional, mächtige Phantasie im Ausdenken von Katastrophen und einer Leere, bevölkert von einem ganzen Spektrum von Versuchungen wie *Mutproben, Leichtsinn, Angeberei, Unsicherheit, Risikobereitschaft, waghalsigem Zusteuern auf Klippen, Tollkühnheit, Kampflust, Zerstörungswut.* Diese markante, vorsätzliche, ja eigensinnige Unbekümmertheit lässt ihn bis an den Rand des Abgrunds treten, die Füße lässig über den Grat der Felswand gelegt, an der Grenze zum Absturz, zum leeren Benzintank, zur Hungersnot, zum Zusammenbruch. Daher rührt, nebenbei bemerkt, auch seine immer wiederkehrende kriegerische Begeisterung: aus einem Mangel an Voraussicht. Das erhellt, das erklärt alles, vom Krieg bis zum mageren Inhalt des männlichen Einkaufskorbs: Schon Bevorratung ist Provokation, Herausforderung, ein Ding der Unmöglichkeit. Während die Frau 42,6 Artikel für das wöchentliche Überleben des Nestes heimschleppt, widerstrebt dem Mann das Horten von Lebensmitteln. Er lebt gefährlich und schlüpft notfalls noch unter dem eisernen Rollladen seines Händlers hindurch, um das Abendbrot zu retten. In drei Worten: *Gefährdung des Hausstands*.

Lassen wir diese überspitzte Terminologie von »Mann« und »Frau« jedoch augenblicklich fallen, damit kommen wir nämlich sehr schnell ans Ende. Wenn ein gewisser Tropismus den Mann auch zur Destabilisierung des Hausstands und dessen Zerstörung tendieren lässt (Tendenz Rot) und die Frau zu seinem Aufbau und seinem Schutz (Tendenz Blau), gibt es doch so viele Ausnahmen von dieser Regel und wechselnde Optionen, dass wir, wollten wir starr daran festhalten, schnell ziemlichen Unsinn verkünden würden. Was nicht das Ziel dieses gehaltvollen Opus sein kann, wenn ich daran erinnern darf. Geben wir also diese simplifizierende Einteilung auf und ersetzen sie durch Individuen, die nicht willkürlich durch ihr Geschlecht definiert, sondern durch die Tendenz Rot oder Blau charakterisiert sind, das ist sehr viel präziser.

Der blaue Typ, der beschützende, konstruktive, wird von einem starken Motor angetrieben: der Angst. Der rote Typ, der unstete, destabilisierende, ist von einer unbändigen Energie beseelt: der Angst. Damit sind wir im Kern des Rätsels angekommen. Die ganze Menschheit firmiert unter dem gleichen Logo, diese Erkenntnis hat uns wieder einen großen Schritt vorangebracht. Ihr seht, wie weit uns die Geschichte mit diesen simplen Einkaufskörben führt. Wir kommen dem entscheidenden Punkt näher, haben die lebenswichtige Frage fest im Blick, die sich weltweit mit »Nest«, »Heim«, »Dach über dem Kopf« verbindet: Blau baut es auf, Rot untergräbt es, und beide werden von einer großen Angst getrieben – der eine, selbiges zu verlieren, der andere, sich in ihm zu verlieren (bitte notiert euch den feinen Unterschied auf einem Kärtchen). Der Frontalzusammenstoß dieser beiden einander widersprechenden Kräfte, der klammheimlich und *ganz unmerklich* eingesetzt hat, beschleunigt sich rasch und führt in einen titanischen Teufelskreis. Ich will es euch nicht verbergen: Die Situation ist von vornherein ziemlich verfahren. Je mehr Blau das Heim befestigt, desto eifriger rüttelt Rot an dessen Fundamenten, und je heftiger Rot angreift, desto hartnäckiger bessert Blau die Schäden aus. Solcherart aufgestaute Reaktionen haben eine verheerende Wirkung: Die luftigen Prototypen solcher Nester, einst in verliebter Unschuld entstanden, biegsam und leicht gebaut, verwandeln sich mit der Zeit in regelrechte Bunker, gegen die schließlich Panzer auffahren. Ich brauche euch gar keine Zeichnung mehr zu machen, denn von *Liebe* kann in diesem Stadium längst keine Rede mehr sein. Es handelt sich um Krieg, um blindwütige Konfrontation, die nur noch Beklemmung auslöst. Ich bringe euch nichts Neues bei, wenn ich euch voraussage, dass die Sache meist ziemlich böse endet. *C'est la vie*, so ist das Leben nun mal. Wie es sich geradewegs vor uns abzeichnet.

Ich verderbe euch die Laune. Keine Sorge, es ist lediglich eine Etappe, wir werden diesen Titanencrash als Kenner lösen und die Liebe aus dieser geballten Menge von hässlich ineinander verkeiltem Zement und Metall befreien.

Man bedenke, dass Blau wie Rot ihre Energie umsonst vergeuden – es läuft mit Sicherheit auf eine Katastrophe hinaus. Womit klar wird, dass das ganze Gerede von der Dynamik Blau–Rot totaler Unsinn ist. Diese Feststellung hat etwas Beruhigendes, wir atmen gleich leichter. Ein Rat nebenbei, versucht aus der Geschichte herauszukommen, bevor die Feindseligkeiten ihren Höhepunkt erreichen, ihr könnt dabei nur gewinnen. Und wie? Ihr fragt mich, wie? Bringt mir bitte nicht meinen Plan durcheinander, wir passieren gerade eine sehr schwierige Fahrrinne, noch sind wir nicht so weit, die Fluchtmöglichkeiten zu erkunden, sondern, stromaufwärts sozusagen, das Verhängnis der Dynamik Blau–Rot in den Griff zu kriegen. Wenn ihr euer Stromab *vor* euer Stromauf setzt, wird es uns nie gelingen, unsere Nadel geschickt aus diesem Heuhaufen zu ziehen.

Was also sollen wir tun?, fragt ihr. Da der Mensch nun mal so gestrickt ist und von Natur aus so handelt? Ich höre die besagten starken Geister in ihre Mikros grölen, dann solle man doch die Blauen mit den Blauen paaren und die Roten mit den Roten, um solche Kriege von vornherein auszuschließen. Ich werde euch gleich den Wind aus den Segeln nehmen, werft eure Mikros weg, ihr wisst ja nicht mehr, was ihr sagt. Denn die Paarung von Gleichen führt nicht zum Crash, sondern zur *Häufung*. Ja, genau. Gießt ein wenig Wasser ins Wasser und stellt fest: Die Tonne *fließt über*. Die Verbindung Blau + Blau führt durch die Anhäufung von Masse zu völliger Unbeweglichkeit, so dass am Ende ein formloses, undynamisches Bauwerk mit dämmenden Eigenschaften dabei herauskommt.

Ah, das wusstet ihr schon, jetzt fällt es euch wieder ein. Die Verbindung Rot + Rot hingegen führt an einem Spätnachmittag zu einer feurigen Paarung mit brutaler Trennung der Partner schon am frühen Abend. Ich sehe, auch das kommt euch bekannt vor. Ich habe weder etwas gegen dämmende Tugenden noch gegen feurige Paarungen, doch ich erinnere daran, dass wir beim Thema *Liebe* waren. Ja, das hattet ihr bedauerlicherweise vergessen, versucht doch bitte mal, den Plan im Auge zu behalten, anstatt euch immer wieder begeistert auf eure Mikros zu stürzen. Diese Kumulationsmodelle sind sicher spannend, aber vollkommen ungeeignet, da im Fall Blau + Blau die Liebe unter dem Gewicht der schieren Masse zusammenbricht und im Fall Rot + Rot, bevor sie überhaupt zu Liebe wird, zu Staub zermahlen ist. Woraus ihr richtig schlussfolgert, dass man Liebe ausschließlich in der dynamischen Verbindung von Blau und Rot begreifen kann. Eine vertrackte Situation, denn wir sahen ja, wohin uns diese verdammte Dynamik führt: geradewegs in den Schlamassel. Sie ist sogar mehr als vertrackt: sie ist dramatisch.

Was also sollen wir tun?, fragt ihr. Da der Mensch nun mal so gestrickt ist und von Natur aus so handelt? Ich erinnere euch daran, dass der Mensch ein Tier ist, keineswegs eine Pflanze. Und genau darin liegt unsere Chance, denn die Viecher zeigen uns den Weg, machen wir's ihnen nach. Machen wir's wie die Ratten, unsere nächsthöheren Säugetiere, die, weit davon entfernt, ihren Bau durch kategorische Sicherungsanlagen – gehärteten Stahl, Stacheldraht, Panzertüren – nach außen hin zu verbarrikadieren, zu ihrer Seelenruhe sogar zwölf Ausgänge darin vorsehen. Gleiches gilt für die Rennmäuse, aber ich will euch nicht mit zu vielen Beispielen überfordern. Die unerschütterliche Gelassenheit der Ratten (wie der Rennmäuse) beruht eben nicht auf einer gepanzerten Tür, sondern auf den zwölf Ausgängen zur Freiheit, es tut mir leid, wenn ich euch solche banalen Weisheiten mit dem Vorschlaghammer einbläuen muss. Diese Frage der Tür ist fundamental, bitte konzentriert euch. Die Ratte verabscheut den Zwang sogar dermaßen, dass sie Zink und Beton durchnagt, um an die freie Luft zu gelangen. Diese Baustoffe, in die wir solche Hoffnungen setzen, sind also kompletter Blödsinn, jeder Zahn eines Nagetiers zerbröselt sie euch, vergesst sie auf der Stelle. Verwandelt dagegen euren Bunker in ein luftiges Baumwollzelt, und schon kann die Liebe sich frei darin bewegen. Keine Tür, niemals, schreibt es euch auf eine Ecke des Tischs, wenn ihr fürchtet, es zu vergessen. Diese simple Erfahrung, die wir von den Langschwanzmäusen übernommen haben (Ratten sind Langschwanzmäuse, keine Amphibien, merkt euch das), mindert partiell Panikattacken, spart Lebensenergie und Rohstoffe, alles Gewinne, die ganz nach Belieben in Liebe konvertierbar sind. Man schenkt den Ratten eben nie genügend Beachtung, nie. Und dann bereut man es. (Nein, Rennmäuse sind keine Langschwanzmäuse, sie gehören zur Familie der Wühler, ihr seid aber auch unersättlich. Genau, die Wühler haben keinen postorbitalen Knochenfortsatz am Stirnbein.)

Sicher, wenn wir gewollt hätten, aber nur wenn wir gewollt hätten, hätten wir die Sache auch etwas subtiler darstellen können. Unsere Theorien sind mit der Axt behauen, unsere Konzepte etwas grobschlächtig geraten, stellt euch vor, ich habe es auch bemerkt. Doch es geschah absichtlich, es war sogar unvermeidlich: Glaubt ihr, man könnte zum winzigen Herzen der Schnecke vordringen, ohne dass man zuvor ihr Operculum sprengt? Mitnichten. Das hat sich die Natur so ausgedacht, um uns zu ärgern. Wenn ihr wollt und da wir nun schon mal dabei sind, könnten wir uns vielleicht zwei, drei Minuten Zeit nehmen und diese

Sache mit der Liebe etwas verfeinern. Zumal ihr mir auch keinen sonderlich glücklichen Eindruck macht, das Leben der Langschwanzmäuse euch kaum interessiert und die Aussicht auf einen *partiellen* Rückgang von Panikattacken euch noch weniger bedeutet. Also gut, machen wir uns auf ins Schneckenhaus, aber beeilen wir uns. Und gebt acht, der Weg ist mühsam, schmal, gesät mit ein paar nackten Wahrheiten, die euch schockieren könnten. Wappnet euch mit Mut, ihr werdet ihn brauchen. Sich ins Spiralgehäuse einer Schnecke zu begeben ist nicht jedermanns Sache, aber ihr seid mutig, ehrlich gesagt, sogar etwas großmäulig, also los. Gebt mir mal eine Ameise. Ja, eine Ameise – wie, bitte, hätte Dädalus sonst seinen Faden bis ins Innere eines Schneckenhauses gekriegt? Indem er ihn einer Ameise an den Hintern band, die Griechen waren nicht auf den Kopf gefallen. Ich bin ja weiß Gott kein Feigling, aber ohne Führer geh ich da nicht rein. Wer noch nie eine Schnecke von innen gesehen hat, möge sich die Abbildung im Lexikon anschauen, damit er die Kühnheit unseres Vorhabens begreift. Gebt mir mal die kleine Ameise da, und dann stürzen wir uns rein. Halt, Kommando zurück: Wir stürzen nicht, bloß nicht. Wir schleichen uns im Gänsemarsch hinein, vorsichtig, als würden wir auf Eiern laufen.

Ihr begreift das Verwirrende der Situation: Wenn Blau akzeptieren soll, auf diese leidige Tür zu verzichten, und Rot, einmal friedlich unter dem Zelt zu verweilen, dann läuft das für beide mehr oder weniger darauf hinaus, sein Blau mit etwas Rot zu mischen und sein Rot mit etwas Blau. Genauso ist es, machen wir uns nichts vor. Im Klartext heißt das, unsere Grundfarbe nach Violett hin zu verändern (vorausgesetzt, man will die Liebe erhalten, und nur in dem Fall, niemand ist dazu gezwungen, darüber sind wir uns einig). Mit anderen Worten, es würde sich um einen *Kompromiss* handeln, nicht mehr und nicht weniger. Nein, rennt nicht schon wieder zu euren Mikros, gestattet, dass ich euch zuvorkomme. Ich sehe genau, wie ihr mit den Zähnen knirscht. Versucht euch zu beherrschen, wir kriechen durch die Windungen eines Schneckenhauses, jetzt vor allem keine falsche Bewegung. Nach Violett hin zu verändern, anders gesagt, Wasser in seinen Wein zu gießen (der auch violett wird, wie passend), wieder anders, sich mit seinem Gegenüber zu einigen, einen Vergleich zu schließen, nachzugeben, zuzugestehen, mithin das Haupt zu senken, den Rücken krumm zu machen, sein eigenes Ich, sei es blau oder rot, aufzugeben, um am Ende schmählich zu kapitulieren.

Und schon stürzt alles zu den Mikrofonen, ich habe die Situation kaum unter Kontrolle. Aber wen wundert's, ihr seid nun mal stolz, ja sogar ein wenig großmäulig, trotzdem muss ich euch daran erinnern, dass wir dicht an dicht durch ein Schneckenhaus schleichen, macht also nicht solchen Krach. Ihr habt euren Stolz, ja, ihr protestiert lauthals, ihr wärt keine Feiglinge, keine Sklaven, keine Schlappschwänze, ein Kompromiss käme nicht in Frage, zum Teufel mit der Liebe und ihrem elenden Lavieren. Ihr reckt die Fäuste, die reinste Meuterei und allmählich schon eine Manie, passt bloß auf, dass ihr die Wände des Schneckenhauses nicht zertrümmert, noch sind wir nicht am Ende der Spirale.

Nun beruhigt euch schon! Dachtet ihr wirklich, ich lasse euch auf so faulen Kompromissen sitzen? Man könnte meinen, ihr kennt mich nicht. Wir kommt ihr darauf, dass ich euch empfehlen würde, den Rücken zu krümmen? Habt ihr den Verstand verloren? Ich, die ich euch unermüdlich ermahne, euch an euren FW und euer TI zu klammern. Und da ihr euer Tiefinnerstes ja nun wiedergefunden habt, so habt auch den Mut, klemmt euer Auge an den Flaschenhals und schaut hinein. Ich weiß, ein Vergnügen ist es nicht, den Blick in sein Tiefinnerstes zu versenken, ich hatte euch ja gewarnt, aber jetzt ist nicht der Augenblick zu kneifen. Wir haben die Ameise im Voraus bezahlt, auf halbem Wege bleiben wir nicht stehen. Schaut hinein, und was seht ihr? Sehr viel Blau? *Und* etwas Rot? Sehr viel Rot? *Und* etwas Blau? Ihr habt's! Wir sind angekommen. Wir sind fast schon im Herzen der Schnecke.

Gelb sogar auch? Ja, das ist normal, aber lasst Gelb im Augenblick beiseite, es ist nicht unser Thema.

Ihr könnt euch jetzt wieder vom Flaschenhals lösen, ihr habt erkannt, dass jeder in seinem TI die drei Grundfarben hat, ich selbst auch, ich hab's gerade überprüft. Ein Glück, sage ich, es beweist uns, dass wir keine Armleuchter sind und potentiell alle in der Lage, »Das sterbende Griechenland auf den Ruinen von Athen« zu malen. Nein, ich habe euch nichts vorgemacht, wenn ich euch in groben Umrissen von blauen und von roten Individuen erzählt habe, diese zugegeben holzschnittartige Vereinfachung war nur gedacht, das Operculum zu sprengen. Ich habe nie geschrieben »ganz und gar blau« oder »ganz und gar rot«, ich sprach von »Tendenz«. Seht selber nach, ich warte.

Na, was habe ich gesagt?

Es gibt übrigens in der Tat ausschließlich blaue oder rote Individuen, diese wenigen Ausnahmen hat die

Natur sich ausgedacht, um uns ins Schwitzen zu bringen. Erstere findet man in Mönchszellen, die Zweiten in den Mangrovensümpfen von Borneo, wo sie als Berufssöldner tätig sind. Keiner der beiden Fälle aber hat etwas mit unserem Thema, der Liebe, zu tun, wenn ich daran erinnern darf. Wenn ich also Violett sage, verlange ich von euch nicht, die Farben des anderen blindlings zu schlucken, vielmehr, ausgehend von eurer eigenen Palette, erlesene Mischungen herzustellen, anstatt euch auf euren Grundton zu versteifen, denn das führt, wie wir sahen, unweigerlich in die Katastrophe. Und den Skeptikern unter euch sei gesagt, dass Violett eine *Sekundär*farbe ist, also das Ergebnis einer *Nuancierung*. Zur richtigen Nuance gelangt man durch ein raffiniertes Verfahren, durch geistige Akrobatik ersten Ranges, und die ist alles andere als ein Kompromiss. Im Gegenteil, wir spielen virtuos mit der ganzen Palette unseres TI. Nein, nicht Patella, sondern *Palette,* sagte ich, konzentriert euch bitte. Aber sicher könnt ihr, wenn's euch Spaß macht, eure Napfschnecken als Näpfchen benutzen, um eure Farbpigmente darin zu zerreiben. Den Ängstlichen, Zurückhaltenden seien auch Pastellfarben erlaubt, da ist das Mischen nur mühseliger, aber das Material taugt genauso gut, dann kommt eben Zartlila oder ein heller Fliederton anstelle von Violett heraus, dagegen habe ich nichts, solange ihr nur dem Prinzip Sekundärfarbe, also der Nuancierung, treu bleibt. Nein, nicht Patella – *Pastell.* Diese Napfschneckengeschichte geht mir allmählich zu weit, lasst euch nicht bei jeder Gelegenheit dadurch ablenken. Legt eure Schnecken hin und färbt euch violett, Schluss, aus. Das passt euch nicht? Ihr wollt die Reinheit eures dominierenden Farbtons nicht versauen?

Ihr zwingt mich, noch weiter zu gehen, dann muss ich die Ameise antreiben und bis ins Epizentrum der Schnecke vordringen, ins Auge des Zyklons, ich fürchte, das wird euch umhauen, aber mir bleibt keine Wahl mehr: In Sachen Liebe besitzt ihr nämlich keinen dominierenden Farbton. Das heißt, eure Dominante ist keine *verlässliche* Größe, sie kann euch unversehens abhandenkommen. Was sagt ihr nun?

Gesagt, getan, darauf kommen wir nun nicht mehr zurück, wir sitzen mit unserem Hintern fest auf dem Epizentrum, uns ist wohl. Lasst die Ameise frei. Ja, selbst auf die Ameise, stellt euch vor, kann man sich nicht verlassen. Einer mustergültigen Ameise, einer fleißigen programmierten Arbeiterin kann es plötzlich einfallen, Blattlaussaft zu trinken, bis sie besoffen ist, und ihre Arbeit im Stich zu lassen. Nein, kein

Haschisch, es ist Blattlaussaft, nur, in puncto Arbeitsproduktivität läuft es genau aufs Gleiche hinaus. Aber entfernen wir uns nicht wieder vom Thema, das macht mich nervös. Nein, es ist kein Koks, kein Gras, kein Joint, würdet ihr mal netterweise diese Blattläuse loslassen, ihr könntet euch verletzen. Denn die sind toxisch. Die Liebe auch, ja, ich weiß. Also, ihr werdet mir nicht das Einmaleins beibringen wollen, verkehren wir doch, bitte schön, nicht die Rollen. Die Liebe ist eine harte Droge, mit schnellem Gewöhnungseffekt und besonders bitterem Nachgeschmack, und wenn man ihr erst verfallen ist, kommt man nur schwer wieder von ihr los. Ja und deswegen, stellt euch vor, rackern wir uns hier ab, um die Schäden zu begrenzen, die diese verdammte Geschichte, die man Liebe nennt, gemeinhin anrichtet. Ja, sie ist eine harte Droge. Deren Genuss das Gesetz jedoch keineswegs vorschreibt, ich wiederhole es für alle, die schon wieder pfeifend durch die Gehäusewindungen bummeln. Wir rackern uns ab für Leute, die sie trotzdem haben wollen, obwohl die Substanz toxisch ist, kein Mensch ist dazu gezwungen. Über diesen Punkt sollten wir uns alle einig sein, und nun, da wir die Botschaft empfangen haben, wollen wir das Schneckenhaus mal wieder verlassen, man erstickt ja hier förmlich. Aber nehmen wir die neu gewonnene Erkenntnis mit (wir sind hier, um zu arbeiten, nicht um Blattlaussaft zu schlürfen): In der Liebe haben wir keine dominante Farbe, wir können uns nicht behaglich auf ihr ausruhen, sie ist nicht *verlässlich.* Sicher, das ist unangenehm, wir hätten uns lieber aus einem Guss, das wäre sehr viel praktischer. Aber ihr wisst so gut wie ich, dass dieses »aus einem Guss« eine Illusion des Geistes ist. Umso besser, sage ich, denn der Guss ist ein Idiot (die Erkenntnis tut auch dem Nachbarn not). In der Liebe erheben wir uns auf die Höhe der Relativität, wo je nach der Farbe des Jungen/des Mädchens, das uns gegenübertritt, alle Dominanten sich verändern können. Na klar – weil es sich um das dynamische Spiel der Gegensätze handelt. Ihr glaubt mir nicht? Dann macht doch mal den Test, so tiefblau ihr sein mögt: Wenn ihr sechs Anrufe am Tag und acht E-Mails pro Woche erhalten habt, nicht gerechnet eine Menge eifersüchtiger Vorwürfe und Verhaltensregeln, dann geht ihr mit fliegenden Fahnen zu Rot über und träumt eher von den Mangrovensümpfen auf Borneo als von dreifachen Türschlössern.

Was habe ich euch gesagt.

Darum warne ich euch: Hinter jedem Blau kann sich ein Rot verbergen und umgekehrt, verlasst euch nicht blindlings auf irgendwelche gedanklichen Leitsätze, die TI der anderen sind nicht weniger reich ausgestattet als eure. Rümpft nicht die Nase, solche Schwankungen der Dominanten sind nicht mit der hirnlosen Passivität von Wetterfahnen vergleichbar. Es handelt sich, im Gegenteil, um einen kräftigen Überlebensreflex, um den zerstörerischen Wirkungen des Kumulationsmodells zu entgehen.

Ich werfe einen Blick auf die Uhr, die drei Minuten, die wir uns für die Verfeinerung des Liebesproblems gegönnt hatten, sind um, fassen wir den ganzen Kram schnell noch einmal zusammen. Übertreibt es nicht mit eurer Grundfarbe, das habt ihr begriffen, wenn ihr den fatalen Blau-Rot-Schock vermeiden wollt. Stöbert in eurem TI und orientiert euch nach Violett hin, mehr oder weniger rot oder mehr oder weniger blau, so genau kommt es nicht darauf an, Hauptsache, ihr erreicht die ersten Grade der Nuancierung. Ihr seht, wie einfach es ist, hatte ich es euch nicht gesagt? Nicht umsonst ermutige ich euch seit Anbeginn, Enten zu malen, farbige Enten. Das ist eine gute Vorübung.

Nein, über Gelb mit euch zu reden, habe ich nun wirklich keine Sekunde Zeit mehr, ich bedaure, aber wir müssen zum Schluss kommen. Nur so viel solltet ihr wissen, dass wir in unserem TI nur über sehr wenig Gelb verfügen. Gelb ist die Farbe der Weisen. Nicht dass das Thema mich schreckte, aber die Pause ist vorbei, wir werden ein andermal darüber diskutieren.

Ich habe zehn Stunden hintereinander geschlafen – eine Katastrophe. Der Mittwoch ist schon weiter fortgeschritten, als gut ist, aber bleiben wir ruhig, ganz ruhig. Ich werde den Kessel hochfahren, was das Zeug hält, die Turbinen ölen, die Ventile schließen. Was heißt, es fliegt alles in die Luft, wenn ich die Ventile schließe? Ich verstehe, ich verstehe, was ihr meint, dann lasse ich also die Ventile einen Millimeter offen, es ist meine Schuld, ich weiß, ich hätte nicht zehn Stunden schlafen dürfen. Aber ihr seid auch nicht ganz unschuldig, ihr kommt zehn Minuten zu spät. Dabei habe ich immer sehr auf diesen zehn Minuten bestanden. Reißt euch zusammen, zum Teufel, erscheint hier *gleichzeitig* und mit dem Hintern zuerst, ich habe euch ein Konzept von einiger Tragweite mitzuteilen. Spürt ihr den bitteren Beigeschmack? Ich komme noch darauf zurück, nehmt erst mal ein Stück Zucker.

Inzwischen sind wir Hunderttausende, das ist phantastisch. Wir können Texte von Hand vervielfältigen, können wie Desperados, wie Apachen die offiziellen Publikationswege umgehen, können Pamphlete unter der Hand weiterreichen, können uns eilig hingekritzelte Botschaften persönlich zustecken, einfach toll, wir können Ideen schmuggeln, im Verborgenen die Abwicklung des Knäuels betreiben, so wie mein Vorfahr Delphin sein *Napoleon der Dritte ist ein Idiot* unter die Leute brachte. Er arbeitete für die Wiederkehr der Republik, wir, wir engagieren uns für das Ende aller Probleme in der Welt, gewiss, das ist eine andere Größenordnung, aber bitte, verachtet mir nicht die Republik, Delphin ist mein Ahn, dreht eure Zunge siebenmal, ihr wisst schon.

In meiner Familie war man immer Revolutionär. Eine Sippe, ihr erinnert euch, von normannischen Bauern, die seit Generationen fleißig Rinder züchten und Leinen weben (es gab auch ein paar Priester, aber das liegt lange zurück, zu der Zeit wurde man so etwas, und es geht euch überhaupt nichts an, hört auf, in meinen Archiven herumzuschnüffeln, kümmert euch lieber um eure Napfschnecken). Wir waren niemals Krieger. Kein Einziger, der auf dem Feld der Ehre gefallen wäre, nie. So was schmiedet eine eiserne Familienmoral. *George ist ein Psychopath, da habt ihr den Salat.*

Ich greife mal kurz vor. Ich sagte nicht »Feiglinge«, ich sagte »keine Krieger«. Schon wieder ertappe ich euch dabei, wie ihr euch ohne euren FW herumtreibt und gedankenlos irgendwelche blöden Vorurteile nachbetet. Mit solchen Vorurteilen und Ängsten zieht man in den Krieg. Ja, genau. Wenn ihr erst mal begriffen habt – bleibt ruhig, der Moment wird kommen –, dass ungeheuer viel Mut dazu gehört, müßig auf seinem Bett liegen zu bleiben und nicht in den Krieg zu ziehen, dann habt ihr einen Riesenschritt getan. Kein Geringerer als Blaise Pascal hat geschrieben: *Ich habe herausgefunden, dass alles Unglück des Menschen allein daher rührt, dass er es nicht vermag, ruhig in einem Zimmer zu bleiben.* Erinnert ihr euch an das Konzept des Nichtstuns, das ich deutlich sichtbar auf dem Kamin liegen gelassen hatte? Und Blaise Pascal, lasst euch das gesagt sein, war alles andere als ein Idiot, dreht eure Zunge siebenmal. Es ist also schon eine verdammt lange Zeit her, dass einer der Schlüssel menschlichen Unglücks, und nicht der geringste, entdeckt wurde. Natürlich gibt es noch andere, die Blaise nicht gesehen hat, aber seien wir nicht kleinlich, es ist schon beachtlich, dass er diesen gefunden hat. Ich sage Blaise, denn er ist für mich ein Freund. Unlängst waren wir beide – falls Blaise sich überhaupt entspannen kann – zusammen im Café einen Kaffee trinken (ich sehe, ihr habt mir dieses Stilproblem noch immer nicht gelöst, worum ich euch höflich gebeten hatte, schade, doch lassen wir das jetzt, wir kommen gerade gut in Fahrt). Und Blaise hat mir bestätigt, wie bedeutsam das Konzept des Nichtstuns ist.

Ich greife kurz vor. Ich entsinne mich sehr genau, dass ich euch erklärt, ja mehr noch, bewiesen habe, dass es nach dem Tod nichts gibt. Glaubt ihr, ich verliere meinen Faden, oder was? Ihr spottet, ihr wollt meine Nerven strapazieren. Diese kleine Unterhaltung mit Blaise irritiert euch, was? Seht an, wie engstirnig ihr seid, lockert euch mal ein bisschen, verdammt, ihr erstickt noch an euren Grundsätzen. Ich habe nie gesagt, dass Blaise seinen Tod überlebt hätte. Ich habe nur gesagt, dass ich mit ihm einen Kaffee trinken war. Was nicht dasselbe ist. Beides hat sogar überhaupt nichts miteinander zu tun. Ich wäre heftig versucht, euch zu erklären warum, aber die Zeit drängt, sie ist unser eiserner Gebieter, wir werden das später klären. Vielleicht.

Wie? Euer FW ist eingerostet, während er im Wasser gelegen hat? Das will ich sehen.

Nein, alles in Ordnung, ihr seid noch mal glimpflich davongekommen. Reinigt ihn mit einer Metallbürste, anschließend geht ihr mit Schleifpapier drüber, in vertikaler wie in horizontaler Richtung.

Übrigens, ich habe nachgesehen. Ich habe den Ausdruck »Entspannt euch« mitnichten besagtem Freund gestohlen. Ich habe sein gesamtes Werk durchforstet: nichts, nicht *eine* ähnliche Formulierung. Das ist schon der Hammer: Da habe ich mich mit dem Ehrgeiz meiner Redlichkeit schon eines Verbrechens bezichtigt, das ich nicht mal begangen habe. So weit kommt's noch.

Die Geschichte passiert nachts auf einem Waldweg sehr weit von hier, da läuft ein Typ entlang. Er kehrt über diesen Forstweg nach Hause zurück, was sehr unvorsichtig von ihm ist, denn er ist allein, wir erinnern uns, und ich fürchte, die Sache wird auch bald eine böse Wendung nehmen. Wie wird er da herauskommen?, fragt man sich.

Nein, fangt gar nicht erst an zu träumen. Jetzt ist wahrlich nicht der Augenblick für einen Kriminalroman. Es wäre sogar eine Katastrophe, an dem Punkt, wo wir sind. Ich sagte, wir warten bis Sonntag, also warten wir bis Sonntag, verflucht, ich verlange doch nichts Unmögliches von euch.

Macht nicht solchen Krach mit euren Bürsten.

Ich habe diesen Diebstahl gar nicht begangen. Also

habe ich mich gefragt (und hier folge ich haargenau meinem Faden), da dieses »Entspannt euch« mir ja irgendwie bekannt vorkam, ob ich mich nicht selber bestohlen hätte. So habe ich mich denn auf der Stelle hingesetzt und mein kleines Opus von einst *in extenso* noch einmal gelesen, was mich wertvolle Minuten gekostet hat, sagt mir bloß nicht, ich würde die Dinge nicht gründlich recherchieren. In der Tat, ich reibe mich in diesem Werk auf in dem Bemühen, euch zu beschwichtigen, so tief, wie ihr damals in euren Problemen stecktet. So lese ich da ein »Beruhigt euch«, »Fasst neue Hoffnung«, »Bringt euch nicht um«, dieselbe sehr direkte Ansprache, gedacht, den Leser zu entspannen, die gleichen aufmunternden, obwohl auch ein wenig lapidaren Sprüche, ja, man könnte meinen, beide Opusse (Opi?/Opera?) seien von derselben Hand geschrieben. Eine ziemlich faszinierende Koinzidenz, über die nachzudenken sich lohnt.

In der Tat, es war dieselbe Hand, ich erinnere mich genau, es fällt mir jetzt alles wieder ein. Ihr seht, ich verliere meinen Faden nicht.

Nein, dagegen protestiere ich entschieden. Eure Unterstellungen sind niederträchtig. Anzunehmen, mein besagter Freund habe das Wort »Kaninchen«

aus meinem *Kleinen Ratgeber* gestohlen, um es in ein eigenes Werk zu schmuggeln, ist blanker Unsinn. Zum einen ist stehlen nun wirklich nicht sein Ding. Zum anderen stehlen nur die Bedürftigen, und da ist es vollkommen verständlich. Könnt ihr mir folgen?

Also, er ist kein bedürftiger Mensch. Im Gegenteil, er ist ein Wegbereiter der Literatur des 21. Jahrhundert, falls euch das was sagt. Er hat es überhaupt nicht nötig, einer Krimiautorin nächtens so ein lausiges Wort zu stehlen. Ihr bringt mich zum Lachen. Aber zugleich beschämt ihr mich auch. Dreht eure Bürsten siebenmal herum, und dass mir keiner mehr davon spricht, der Erste, der wieder anfängt, fliegt augenblicklich über Bord (mit Rettungsring, versteht sich, ich mag ja die Leute). [Durchzug eines einfachen unterschwelligen Konzepts: *Die Leute mögen.* Spürt ihr den leicht bitteren Beigeschmack? Es ist das letzte Mal, dass ich euch darauf hinweise, trinkt einen Schluck Sirup. Ich weiß, es ist schwer, die Leute zu mögen, aber strengt euch ein bisschen an, ich schaffe es ja auch. Dabei bin ich nicht mal aus dem Schenkel des Jupiters geboren. Ich bin aus dem Bauch meiner Mutter geboren, mit zehn Minuten Abstand, und diese Entscheidung geht nur sie etwas an.]

Also Schluss, aus, reden wir nicht mehr darüber, wir haben endlich den Schlüssel des Rätsels, ich habe bei mir selber geklaut, voilà, so erklärt sich dieser Eindruck eines Déjà-vu. Das zusammengesetzte Substantiv »Tigerstreifen« dagegen, ja, das habe ich ihm gestohlen, ich leugne es nicht. Aber ihr müsst zugeben, ich treibe keinen Missbrauch damit. Also, wisst ihr, wenn ein Autor gehaltvoller, netter Kriminalromane nicht mal das Recht hat, einen *einzigen* lächerlich kleinen Begriff von einem Kerl zu mausen, der gerade der Literatur des 21. Jahrhunderts den Weg bereitet und vor Ideen nur so sprüht, während ich selber keine habe, wo kommen wir da hin, und in welcher raubgierigen Welt leben wir? Frage ich euch. Das wäre ja so, als würde ein Bäcker einer ausgehungerten Mutter das Brot für ihre Kinder verweigern, mit solchen Dingen spaßt man nicht. Auf dieser Ebene nämlich ist Diebstahl kein Verbrechen, rücken wir die Dinge doch mal zurecht, verdammt. Es ist nicht mehr als Mundraub mit dem Effekt leichter Kompensation zwischen Reich und Arm. Wenn mich also jemand deswegen vor den Kadi zerren will, so möge er's tun. Ich bin mit meinem Gewissen im Reinen, und ich verstehe mich.

Aber hören wir jetzt mal auf, von dem Kerl zu reden, dann legt sich die Aufregung von ganz allein, wir schmeißen ja nur unsere Zeit zum Fenster raus. Warum ich überhaupt auf ihn zu sprechen komme? Ich meinte mich da sehr klar ausgedrückt zu haben. Weil er an der Literatur des 21. Jahrhunderts arbeitet, darum, und mich das wahnsinnig interessiert, weiter nichts. Und wenn ich auch nicht mehr weiß, was »Eifersucht« bedeutet (ich habe das Wort ja mit dem Cutter aus dem Lexikon herausgeschnitten), bin ich doch ein klein wenig auf ihn fixiert, in rein literarischer Hinsicht, meine ich, da ist nichts Pathologisches oder Sexuelles, bleiben wir ganz ruhig. Wir reden nicht mehr über ihn, damit hat sich der Fall. Nein, Kriminalromane schreibt er nicht, passt auf, was ihr sagt, er arbeitet, von einigen Freunden darin unterstützt, an der Literatur des 21. Jahrhunderts. Ja, ich könnte ihn dabei ebenfalls unterstützen, ich weiß genau, wie man das macht. Und warum tue ich es nicht? Ganz einfach, weil ich, erstens, keinen Moment Zeit habe, das scheint ihr vergessen zu haben. Zweitens, weil schon mehrere andere Leute das übernommen haben, ich sagte es gerade. Und es wäre absurd, wenn wir zu Hundert die Karre schieben wollten. Außerdem, wer würde sich dann um unsere Liebesangelegenheiten und um die Menschheit kümmern?

Ich.

Entspannt euch (ich benutze den Ausdruck nun umso gelassener, als ich ihn nur mir selbst gestohlen habe). Ja, ich kümmere mich darum. Warum, glaubt ihr, stehe ich sonst hier um acht Uhr abends an der Villette, an diesem trostlosen Ort und bei eisigem Wind, und erzähle euch was von einem unterschwelligen Konzept dicht an der Transparenz? Ich kümmere mich um die Wunden der Menschheit und um eure Glückseligkeit, und glaubt mir, da kommt was auf euch zu. Legt mir ordentlich Holz nach, geizt nicht mit den Mengen. Wir klotzen jetzt ran.

Ich und ihr.

Das erinnert euch an den Anfang des Buches, ihr seht, ich verliere den Faden nicht, wie oft muss ich euch das noch sagen? Ihr seid Skeptiker, versucht euch zu entkrampfen, wir werden es nie schaffen, wenn ihr steif wie die Holzscheite herumsteht. Es macht mir Sorge, wenn ich sehe, wie nervös ihr seid. Zeichnet »Das sterbende Griechenland auf den Ruinen von Athen«, das wird euch erheblich beruhigen. Nun, koloriert es, mischt gut die Farben in den Näpfchen, fügt auch etwas Violett hinzu.

Ich und ihr. Zunächst macht ihr euch ja einen Lenz, während ich mir ein Konzept nach dem anderen ausdenke, aber das ist mein Job, ich beklage mich nicht.

Doch ohne euch, was täte ich mit diesen Tonnen von Konzepten, die ich nahezu pausenlos ausspucke, ohne euch, die ihr sie anhört, ohne euch, die ihr sie versteht und augenblicklich zur Anwendung bringt für das Wohl eurer Glückseligkeit und das der Menschheit, ja, ohne euch wären wir aufgeschmissen und könnten ebenso gut alles über Bord werfen. Das liegt auf der Hand. Könnt ihr mir folgen?

Könnt ihr mir folgen?

Nutzt meine Gelassenheit nicht aus, strengt euren Grips ein bisschen an, ich weiß, ihr habt Hunger, das ist normal, später werden wir uns darum kümmern, wir können ja inzwischen immer noch das Holz vom Heizkessel essen, aber ich flehe euch an, versucht zu verstehen.

Danke. Ich wusste, dass ich auf euch zählen kann. Die Konzepte, die ihr geschluckt, und die Flugblätter, die ihr unter eurem Mantel befördert habt, beeilt euch, sie an jemand anders weiterzugeben, einen Nachbarn, einen Feind, einen Gefährten, einen Bruder, wir müssen drei Milliarden Menschen erreichen plus einen. Die Mehrheit also. Sind wir erst da angekommen, neigt sich die Waage zum Frieden in der Welt und zum Brot im Bauch. Mit Fleisch, wenn möglich und wenn es nicht zu viel verlangt ist. Nein, es ist nicht zu viel verlangt, im Gegenteil. Kapiert ihr, wie das läuft? Schon mal was von Synergie gehört? Samstag also. Am Samstag wird mit den ersten Strahlen von ich weiß nicht mehr welcher Sonne der große Friede in eure Seele und in die Welt einziehen. Ihr und die Welt. Was dasselbe ist. Erinnert euch.

Wenn ich sage, dass er in Burkina Faso ist, bin ich vielleicht weit von der Wahrheit entfernt. Womöglich ist er in Australien. Und das ist nicht gerade nebenan.

Nein, tut mir leid, aber gerade in diesem Moment sollte uns nicht das Holz ausgehen. Es ist mir völlig egal, welche Probleme der Lieferant mit seinem Lieferanten hat, ich will es nicht wissen, wir brauchen Treibstoff, reißt die Türen heraus, die Fensterläden, die Zäune und verfeuert mir das ganze Zeug im Kessel, verdammt, es geht um die Menschheit, es ist zehn Uhr abends, und ich falle um vor Hunger. Aber macht nichts, sage ich, wir essen später.

Sechs Stunden sind vergangen, eine Katastrophe. Ich habe mich ein wenig gestärkt, zusammen mit ein paar Freunden und meiner Zwillingsschwester, und war fest entschlossen, nur eine Stunde zu bleiben. Ich weiß nicht, wie das passieren konnte, inzwischen ist es vier Uhr morgens, es ist Nacht und, schlimmer noch, bereits Donnerstag. Ich finde euch an der Villette wieder, hingelümmelt zwischen einigen Sixpacks Bier, selig schlafend wie satte Säuglinge, was soll ich mit so einer Armee anfangen? Stimmt, ich bin kein gutes Beispiel, ich habe euch im Stich gelassen. Ich fühle mich schrecklich verantwortlich.

Ich habe Entschuldigungen, ich nehme an, ihr auch. Wir haben alle Entschuldigungen, außer man führt Krieg oder reißt in der Not seinem armen Nachbarn die Tasche von der Schulter. Also, ich traf einen sehr redegewandten Freund, und wir haben über den Kriminalroman geschwafelt und seine angstlösende Wirkung. Achtung, dieser mein eloquenter Freund ist nicht derselbe wie mein Schriftstellerfreund, bringt nicht alles durcheinander, legt euch Karteikärtchen an, ich kann es nicht oft genug wiederholen, mit Karteikärtchen ist alles viel klarer.

Verdammt, wacht endlich auf, ich habe den Eindruck, ich rede hier in der Wüste. Und außerdem das Gefühl, dass unsere Reihen sich gelichtet haben. Das ist normal, unser Unternehmen ist eine harte Prüfung und unser Arbeitsrhythmus stressig. Doch was wollt ihr, wir haben keine Wahl, vergesst nicht, dass dieses Opus nicht veröffentlicht werden wird, wir sind also gezwungen, es von Mund zu Mund und unter der Hand weiterzugeben, *Napoleon III. ist ein kompletter Idiot, George auch, der Nachbar sieht rot.*

Über den Daumen gepeilt sind wir noch Zehntausend, was immer noch recht ordentlich ist. Siebentausend von euch schlafen, Zweitausend sind blau, und Tausend haben Sex, einfach so, mitten im Parc de la Villette, vor aller Augen und Ohren. Ich verurteile ja niemanden, es ist nur allzu menschlich, aber ich habe das Gefühl, wir sind ziemlich schlecht gerüstet für die entscheidende Schlacht. Seid ihr euch darüber im Klaren, dass heute Donnerstag ist? Ich weiß nicht, was ich tun soll, ich bin Pazifistin, ich kann euch nicht mit Gewalt wecken, euch ausnüchtern oder mit dem Strahl von Wasserkanonen voneinander trennen, obwohl mich das sehr reizt. Zumal Wasserkanonen praktischerweise in allen drei Fällen Wirkung zeigen. Aber ich achte viel zu sehr jede Form von Flucht, sei es in den Schlaf, in den Alkohol, in die Liebe, ins Schuleschwänzen oder andere Einfälle, um nicht für alle Anregungen offen zu sein. Zumindest kommt in dieser Zeit niemand auf den Gedanken, mangels Betätigung seinem Nächsten ein Küchenmesser in den Bauch zu jagen, und das ist schon mal ein großer Gewinn. Der Anblick eurer zehntausend gleichzeitigen Ausbruchsversuche rührt mich darum, ich mag die Leute eben.

Dieses totale *Laisser-aller* macht mich irgendwie glücklich. Einige von euch trommeln, auch das ist nicht unangenehm. Doch, ohne euch eure Freude nehmen zu wollen, ich beharre auf der Tatsache, dass wir Donnerstag haben. Ich sehe, einige haben Holz geklaut, um ein Lagerfeuer anzuzünden, ja, wo glaubt ihr eigentlich zu sein? In einem utopischen Ferienlager? Das Holz, das brauchen wir für den Kessel, ihr benehmt euch wie Traumtänzer, ihr fallt in alte Zeiten zurück. Die Utopie ist keine Angelegenheit von vierzehn Tagen Urlaub unter alkoholisierten Freunden, die die Trommel schlagen.

Wir kommen nicht schnell genug voran, verflucht, es ist dramatisch. Der Kessel schnauft. Wenn ihr nicht das ganze Holz verputzt hättet, sähe es jetzt anders aus. Ich werfe keinen Stein auf euch, bevor ich ihn nicht siebenmal im Mund herumgedreht hätte, aber seht euch die Lage an. Und zu allem Überfluss habe ich auch noch vier Stunden geschlafen. Jawohl, weil ihr mir nicht mehr zugehört habt, weil ihr stattdessen geschlafen, gepichelt, gevögelt, Trommel geschlagen habt, ihr wart mit keinem Gedanken mehr bei der Menschheit. Na ja, solange ihr euch nicht gegenseitig mit Filetiermessern umbringt, ist alles in Ordnung, ich atme tief durch. Aber so richtig auch wieder nicht, denn in diesem ganzen Durcheinander habe ich mein Thema verloren. Sollte ich es versehentlich auf dem Tisch in der Kneipe liegen gelassen haben? Oder aufgegessen? Oder verbrannt?

Kleiner Spaß. Das Thema steckt fest in meiner Tasche.

Der Kessel pfeift auf dem letzten Loch. Nein, es bringt auch nichts, die Villette auseinanderzunehmen, um sie komplett in den Ofen zu schmeißen, sie ist nicht aus Holz, wir sind nicht in der Normandie, sie ist aus Gusseisen (aus Eisen?/Stahl?/Zink?/Aluminium? Schlagt mir das mal im Technischen Wörterbuch nach. Halt, Order zurück, wir haben keine Zeit mehr, es wäre lächerlich). Wir werden Ruderer anheuern müssen. Ich habe nicht gesagt »Galeerensklaven«, ich habe gesagt »Ruderer«. Wer meldet sich freiwillig?

Wer meldet sich freiwillig?

(Ich mache hier mal eine amüsante Klammer auf, um euch mitzuteilen, dass Online-Wörterbücher, in denen ja der ganze Reichtum der französischen Sprache versammelt ist, als Synonyme für »*masculin*« anbieten: *Männchen, Mann, Erzeuger, Zuchttier, Junge, mannhaft, rüstig, stark, energisch, mutig, standhaft, kühn, edel.* Man beachte den Reichtum des semantischen Umfelds, seine Wucht, seinen Elan. Sehen wir uns gerechterweise auch die Synonyme von »*féminin*« an: *Weibchen, Frau.* Wie zurückhaltend, wie nüchtern! Woraus man schließt, dass »Frau« weder Erzeugerin noch Zuchtstute, weder mutig noch kühn, sondern schwach, feige, zaghaft und kleinlich ist. Vertiefen wir rasch noch die Frage und sehen uns die Synonyme von »*homme*« an, wie sie uns freundlicherweise und völlig vorurteilsfrei der *Grand Dictionnaire Informatique* liefert: *Mensch = menschliches Wesen, Hominide, Geschöpf, Person, Menschheit, Nächster, Mitmensch, Anderer.* Ihr seht, ein weitgefächerter, großzügiger Ansatz. Notieren wir gerechtigkeitshalber auch die Synonyme von »*femme*«: *Frau = Dame, Gemahlin, Mutter, Schwester,*

Jungfer, Tochter, Matrone, Hausfrau, Sirene, Nymphe, Muse, Madonna. Das Spektrum ist dieses Mal beachtlich breit, wohl aber ein kleines bisschen anders orientiert. Und es legt den Schluss nahe, dass der Mann in keinem Fall sinnverwandt ist mit *Gemahl, Vater, Bruder, Galan, Sohn, Hausmann.* Wie andererseits die Frau in keiner Weise ein *menschliches Wesen* oder ein *Hominide* ist, sie ist schlichtweg etwas anderes, aber mitnichten ein *Geschöpf* oder gar eine *Person*, eine *Nächste,* ein *Mitmensch* oder eine *Andere.* Die Spannweite des elektronischen Handwerkszeugs eröffnet uns neue Horizonte, die einem Angst machen können. Sehr gut. Verfeuert mir diese Synonymwörterbücher im Heizkessel, ich fürchte, sie könnten sich auf unser Unternehmen verheerend auswirken.)

Ihr macht die Augen auf, schon besser, aber mir scheint, die Menge hat sich noch einmal kräftig gelichtet, wir sind, grob geschätzt, noch viertausend Leute. Dafür ist es viel zu groß hier, nicht mehr gemütlich genug, flüchten wir uns in die Gare de Lyon, ein kleiner Fußmarsch in dieser beißenden Kälte wird euch munter machen und uns Gelegenheit geben, an den so wichtigen Gedanken der Utopie wieder anzuknüpfen. Denn, wie mir Victor Schœlcher vor nicht ganz zwei Wochen, als ich in einer kleinen Brasserie in der Rue Saint-Paul ein Glas mit ihm trank, mit Wehmut in Erinnerung brachte, dass es über ein Jahrhundert gedauert hat, bis die Sklaverei abgeschafft war, und sie ist es noch nicht mal überall. Ein Jahrhundert, stellt euch vor. Und wir haben nur noch zwei Tage, um die leidigen Daseinsprobleme abzuwickeln. Nehmt alle eure Kräfte zusammen, facht das Feuer an, klaut euch Holz, wo ihr's kriegen könnt, wir streben nun ohne Unterbrechung dem Ziel zu. Ich lasse mich von meinen familiären Angelegenheiten nicht mehr zu Tränen rühren und auch nicht durch eure blöden Fragen ablenken, ich klotze ran.

In meiner Familie ist, sobald es zum Krieg kommt, plötzlich keiner mehr zu sehen. Das nenne ich Mut, ich sagte es schon, und glaubt nicht, dass es einfach wäre, dem militärischen Wahn zu widerstehen, ich komme noch darauf zurück, behaltet es mal im Hinterkopf. Ja, in meiner Familie kann man, wenn es darum geht, sich vor dem Krieg zu drücken, ein geradezu teuflisches Genie an den Tag legen.

Ihr habt den Faden verloren? Also ehrlich, ihr seid zu rein gar nichts zu gebrauchen. Das kommt daher, dass eure Finger vom vielen Enten-Zeichnen ganz steif sind und ihr noch nicht richtig begriffen habt, dass »der Faden« aus Hunderten von Fädchen besteht. Daher euer trügerischer Eindruck, wir sprängen kreuz und quer von einem Thema zum andern, ohne erkennbares Prinzip, während doch alle diese Themen in dem einen großen Themen-Faden enthalten sind, dicht an dicht wie Sardinen in der Büchse, abgeschnittene Nägel inklusive. Seht euch diesen Faden unterm Mikroskop an, wenn ihr mir nicht glaubt. Seltsam, diese Manie von euch, alles überprüfen zu wollen, was ich sage, wie soll ich das verstehen? Ich ziehe es vor, darüber hinwegzugehen. Legt euer Stück Faden auf ein dünnes Plättchen, gebt einen Tropfen Glyzerin darauf, stellt die Schärfe ein und schaut durch, muss ich euch denn alles sagen. Was seht ihr?

Einen Schwarm kleiner Tierchen?

Lasst mich mal.

Überhaupt nicht, das sind die Millionen faseriger Partikel der Mikrofäden, aus denen der Faden sich zusammensetzt. So ist es bei jeder Materie, man nennt es das unendlich Kleine, seht in euren Schulbüchern nach, lest mal wieder Blaise Pascal. Das ist nervig, ich weiß, aber die Utopie verlangt nun mal ein paar Opfer. Jetzt versteht ihr, dass wir nicht völlig planlos von einem Thema zum anderen springen. Das hat uns ein paar wertvolle Minuten gekostet, aber dieser Umweg übers Labor wird nicht umsonst gewesen sein.

Wir springen nicht. Wir untersuchen die Mikrofäden des einen großen Fadens mit ihren unendlich vielen Nuancen, die scheinbar chaotisch verlaufen, in Wirklichkeit aber streng geordnet sind. Ihr könnt euch also entspannen, es wird sich alles finden. Und nicht nur springe ich nicht aufs Geratewohl durch die Themen, sondern packe euch auch das Fundament mit kaum wahrnehmbaren Konzepten voll, was wollt ihr eigentlich mehr? Ohne dass ihr's bemerkt habt, seid ihr mitten in einem bis in seine kleinsten Details meisterlich organisierten Werk. Ihr verliert euch in diesen Details? Ich nicht. Entspannt euch, es passt schon alles zusammen. Ein unmerkliches Band verbindet alle diese winzigen, scheinbar blödsinnigen Kommentare, die sich ihrerseits zu größeren Zusammenhängen fügen und diese wiederum zu globalen Ideen, aus denen eure Glückseligkeit erwächst. Zu globalen Ideen kommt man nicht über globale Ideen, ganz eindeutig nicht, wo habt ihr das aufgelesen? Globale Ideen entstehen aus der Kumulation kleinster Dinge, abgeschnittene Nägel inklusive. Denkt mal nach.

Voilà, und so durchstreifen wir die exponentielle Masse der kumulierten Details – entschuldigt, ich glaubte, das hättet ihr von Anfang an begriffen, aber es stimmt, ihr kamt ja gerade erst aus dem Wasser und wart in einem kritischen Zustand von Überdosierung –, die Masse der Details also, die die synergetische Gesamtheit des Knäuels bilden, in welchem ihr euch befindet. Ebenso wie mein Vorfahr Delphin. Jenes Knäuels, das wir nun mit zunehmender Geschwindigkeit abwickeln, fahrt mir bloß diesen Kessel hoch, ich pfeife auf die Ventile.

In meiner Familie ist, sobald es zum Krieg kommt, plötzlich keiner mehr zu sehen. Das nenne ich Mut.

Ganz nebenbei bemerkt, wir haben immer noch nicht mehr Freiwillige an den Rudern. Ihr sträubt euch, steht stocksteif da, euer FW glänzt im Morgenlicht. Geht mir doch mal ein bisschen zur Hand, ihr Faulpelze. Glaubt ihr, selbst bei meiner ungewöhnlichen Kraft könnte ich den alten Kahn ganz allein von der Stelle bewegen? Also bitte, ein paar Leute an die Ruder, ich verlange ja nichts Unmögliches von euch. Es geht um eure Glückseligkeit, darf ich euch daran erinnern. Wir setzen uns alle auf die Ruderbänke und legen uns ordentlich in die Riemen, so im kleinen Kreis, unter Freunden. Und ich hätte auch nichts dagegen, wenn einer von den Jungs oder Mädels das

Tempo vorgeben würde, danke, wozu habt ihr schließlich eure Trommeln mitgebracht. Und schon fliegen wir wie der Wind, gut so. Doch wenn wir uns immer wieder bei solchem Mist aufhalten, schaffen wir es nie bis Samstag. Ich bin ganz ruhig, aber so richtig auch wieder nicht, es ist elf Uhr und der Donnerstag schon halb vorbei.

So war es auch bei meinem Ahn Boniface (das war sein Vorname, zu der Zeit hieß man so), der teuflisches Genie bewies. Nun sagt mir nicht, ihr habt schon wieder den Faden verloren, dann kriege ich die Krise. Macht ihr das, um mich zu ärgern, oder was? Erinnert euch an Delphin, den Revolutionär von 1830 und 1848, der, konsequent bis zum Schluss, sich auf dem kleinen Friedhof von Villiers-d'Écaudart begraben ließ unter einem runden Feldstein ohne Kreuz, auf dem nur diese Worte standen: *Mehr ist nicht.* Das Grab erregt noch immer Aufsehen auf dem kleinen normannischen Friedhof, der mit seinen regensatten Wiesen die schlammbespritzten Kühe auf den Weiden überragt. *Mehr ist nicht.* Lasst euch das mal zwei Sekunden durch den Kopf gehen, doch vergesst dabei das Rudern nicht, ihr seht, ich lasse im Tempo auch nicht nach, wir dürfen keine Zeit mehr verlieren. Der

Gedanke wird in jedem Fall in euren Adern kreisen, ohne dass ihr lange überlegt, zumal rudern das Blut erhitzt und die Aufnahme injizierter Konzepte beschleunigt. Ein Gewinn also auf der ganzen Linie.

Wir werden schneller, der Wind weht von achtern jetzt. Mit etwas Glück werden wir bei der nächsten Etappe in Gloucester geschmuggeltes Holz laden können, um unsere Triere zu befeuern (die »Triere«, mein Gott, schlagt lieber mal im Lexikon nach, statt auf der faulen Haut zu liegen, die Triere war ein *römisches Kriegsschiff mit drei übereinander angeordneten Reihen von Ruderern*). Wenn ihr nicht mal wisst, auf welcher Galeere ihr an Bord geht, seid ihr ziemlich leichtsinnig, überlegt, wo ihr den Fuß hinsetzt. Boniface also, der Vater des erwähnten Revolutionärs – ich sehe, ihr könnt mir folgen, schreibt euch alles gut auf, aber lasst das Ruder nicht los –, Boniface hatte das Pech, dass er durch das Los bestimmt wurde, den ruhmreichen napoleonischen Armeen in den Untergang zu folgen. Ihr erinnert euch sicher, dass zu jener Zeit die Einberufung zum Militär nach dem Zufallsprinzip erfolgte, entweder der Typ zog eine gute Nummer, dann konnte er auf seinen Äckern bleiben, oder eine schlechte, und dann ging's ab nach Russland. Boniface aber hatte, genau wie die anderen, ein paar Kühe zu melken und Leinen zu weben, er war also ein viel beschäftigter Mensch, der Wichtigeres zu tun hatte, als an die Beresina zu rennen. So machte er sich beherzt auf die Suche nach einem Kerl, der ein Gewinnerlos gezogen hatte, um mit ihm zu tauschen. »Einverstanden«, sagte der Typ, »aber unter der Bedingung, dass du mir ein Hemd webst, das vollständig durch diesen Ring passt«, fügte er schlau hinzu und wies auf seinen Ringfinger (Ring/Ringfinger, wir müssen das in Ordnung bringen, sobald wir mal eine Pause einlegen können, aber das sehe ich noch nicht, die Bahnhofsuhr an der Gare de Lyon schlägt Viertel nach zwölf). So wahr ich es euch erzähle. Boniface kam ziemlich zerknirscht auf seinen Hof zurück. Aber er war ein normannischer Dickschädel (was sich vererbt hat in der Familie) und schnell dabei, selbst die unmöglichste Herausforderung anzunehmen, ein wenig wie wir alle hier, wenn ihr mir den Vergleich gestattet. Er suchte auf allen Märkten nach feinstem Batist, feiner als fein, so hauchdünn wie der Stoff, aus dem die Konzepte sind, die ich eurem Gehirn einflöße. Das ganze Gesinde machte mit, Männer, Frauen, Kinder … *Kälbchen, Kuh und Schwein*, danke, Jean (ich traf La Fontaine unlängst in der Bar des Institut de France, wo er, hinter all seinem sarkastischen Auftreten verborgen, insgeheim immer noch nach Posten schielt, und er schwatzte mir dieses Satzende auf, das ich ihm nun nicht mehr zu stehlen brauche, ihr seht, manche Leute machen gar nicht so ein Gewese darum). (Sicher, La Fontaine ist längst tot, aber das tut nichts zur Sache, macht euch keine Illusionen, dass es ein Leben nach dem Tode gibt, nur weil ich in der Bar des Institut ein Glas mit ihm getrunken habe.) Und so fertigte Boniface ein Männerhemd mit kaum sichtbaren Nähten, eng anliegenden Ärmeln und schmaler Taille, doch ohne Pfusch, wir sind keine Pfuscher, dreht euer Ruder siebenmal in der Hand herum, bevor ihr den Mund aufmacht. Und so wahr ich es euch erzähle – nun erzähle ich euch schon mal eine verbürgte Geschichte, und ihr werdet mir nicht glauben –, das Hemd passte *vollständig* durch den Ring. Den Ring von dem anderen Typen. Der in den Krieg zog. Und nicht Boniface. Der zurückkam, seine Schweine zu melken. In aller Ruhe und Gemütlichkeit.

Seitdem schwebt ein vages Schuldgefühl in der Familie. Denn niemand hat je erfahren, was aus dem Kerl wurde, der in seinem leichten Hemd in die eisigen Gegenden der Beresina aufgebrochen war. Man hätte gern was über ihn gehört, und wir warten immer noch. Solltet ihr ihm in einer Hafenkneipe begegnen, sagt mir Bescheid, ihr würdet mir einen Dorn aus dem Fuß ziehen.

Des ungeachtet (diese Wortverbindung nun habe ich niemandem gestohlen, denn keiner will sie haben, um nichts in der Welt) nährt dieses Beispiel eines hartnäckigen Pazifismus bis heute ein Gefühl berechtigten Stolzes in unserem normannischen Bauernclan. Doch Vorsicht, es ist ein Beispiel, es löst mitnichten das Prinzip des Krieges wie auch nicht das der Liebe, die beide synergetisch miteinander verbunden sind. Verwechselt bitte nicht Beispiel und Konzept. So viel also zu unserer Familientradition, die weit, sehr weit zurückreicht, und ebendarum bin ich auch so versessen darauf, versteht ihr, diese kleine Streitschrift unter der Hand weiterzuverbreiten. *Wer in den Krieg zieht, ist ein Tor, lies das deinem Nachbarn vor.* Rein als Vorsichtsmaßnahme darum: Habt immer ein feines Batisthemd dabei für den Fall, dass ihr es schnell mal gegen einen Einberufungsbefehl tauschen müsst. Das ist eine List, kein Konzept. Ich flehe euch an, verwechselt nicht Listen mit Konzepten, sonst kommen wir nie weiter. Gloucester hat uns soeben Treibstoff geliefert, eine ausgezeichnete Nachricht, die Götter sind mit uns. Wenn ich »die Götter« sage, dann aus Jux. Denn es ist kein Holz, sie haben keins mehr, es ist gehäckselter Löwenzahn, vermischt mit Brennnesseln. Es heißt, so was brennt gut, das will ich sehen, nehmt die Ladung an Bord, setzt alle Segel, lasst die Leinen nach, fahrt die Maschinen hoch.

Ich persönlich bin nie zur See gefahren, ich habe Angst vor dem Meer.

Ich stelle fest, dass die Reihen der Ruderer sich ein wenig gelichtet haben. Ich schätze, wir sind noch an die dreitausendfünfhundert Männer und Frauen in diesem Abenteuer. Sehr gut, umso besser, nichts ist sympathischer, als sich im kleinen Kreis, unter Freunden zusammenzufinden. Dennoch macht diese Auflösungserscheinung mir Sorgen. Ich bleibe ruhig, doch ich überlege. Sollte das gewagte Manöver, von einem Mikrofaden zum anderen zu springen, während ich die Glückseligkeitsspule abrolle, euch ermüden? Ich strample mich ab in dem Bemühen, das Innere der molekularen Mikromasse des Problemfadens für euch aufzubereiten, und das ermüdet euch? Aber wenn ich das tue, dann doch nur zu eurem Wohl. Ich destilliere euch Ideen so leicht wie Seifenblasen, ich hüpfe von einer zur anderen, um keine zu übersehen, ich mache Mikrogeschichte, Mikropsychologie und Makrokonzepte, die sich so angenehm auf der Haut tragen wie feiner Batist, und ihr verliert den Faden?

Wäre es euch vielleicht lieber gewesen, ich hätte das gegenteilige Verfahren gewählt? Ich hätte euch die grob behauenen Konzepte eins neben das andere packen können wie Rinderkeulen auf die Fleischbank des Metzgers. Ich hätte die raue Wirklichkeit ohne jede Rücksicht vor euch hinknallen können, mich mit Dinosaurierschritten oder mit Krötensprüngen fortbewegen können, statt den anmutigen Flug des Mauerseglers nachzuahmen. Meint ihr, diese Strategie würde euch eher erleuchten? Nun gut, ich hatte euch ja ein Beispiel aus der rauen Wirklichkeit versprochen, machen wir doch mal einen Test.

Mir scheint, dieser neue Treibstoff aus dem Löwenzahngehäcksel liefert keine sehr überzeugenden Resultate. Die verarschen uns, die Jungs in Gloucester. Die Turbinen lassen in der Leistung nach. Ich schlage vor, wir schicken eine zweite Reihe Ruderer ins Zwischendeck, setzt euch bequem hin, spuckt in die Hände. Kurswechsel hart am Wind, und weiter geht's.

Das erwähnte Beispiel aus der rauen Wirklichkeit ist rau und ohne jede Anmut, entspannt euch, kann sein, es belastet euch auf Dauer. Und hierum geht es: Vier Prozent der 250 größten Vermögen in der Welt würden ausreichen, den gesamten afrikanischen Kontinent zu ernähren, wartet, das war noch nicht alles. Zehn Prozent (nicht aufs Komma genau, aber doch in etwa dieser Größenordnung) derselben 250 Vermögen könnten die ganze Welt am Leben erhalten. Und es wird euch nicht überraschen, wenn ich hinzufüge, dass diese 250 Leute keinen Finger krumm machen, sich noch nie im Freundeskreis zusammengesetzt haben, um darüber zu diskutieren, ja sich über diesen geringen Prozentsatz überhaupt keine Gedanken machen. Aber es ist nicht ihre Schuld, sie wissen es gar nicht, drehen wir siebenmal unsere Zunge, bevor wir das Weltvermögen jemand anders zuspielen.

Die Aussage liegt auf der Hand, sie ist brutal, ich denke, ihr erfasst sie auf Anhieb, und ich schwöre, es ist die reine Wahrheit, so wahr, wie Boniface das gesamte Hemd durch den Ring bekam. Aufgerundet haben wir in etwa dieses Kräfteverhältnis: zu meiner Rechten 800 Personen, die ihre monströsen Vermögen wie die Irren nur immer wieder neu platzieren, und zu meiner Linken drei Milliarden Menschen, die, gelinde gesagt, am Abgrund stehen.

Ich hoffe, das hat euch einen Schock versetzt.

Erholt euch erst mal davon. Legt die Ruder hin, gehen wir vor Anker.

Trinken wir etwas Süßes, zeichnen wir eine Ente. Nein, keinen Mauersegler, eine Ente, werft nicht alles durcheinander. Das macht die Verbitterung, und diesmal hat sie eindeutig nichts Unterschwelliges, ich hatte euch ja gesagt, wir wagen den dinosaurischen Versuch.

Versteht ihr jetzt, warum wir auf dieser Triere sind, die mit Windgeschwindigkeit der Morgenröte der Hoffnung von Samstag entgegeneilt?

Ach, natürlich, ich wusste es ja: Auch auf See gibt es die superschlauen Intellektuellen, die uns durch ihre Megaphone empört zurufen: He! Was soll diese schrecklich naive, buchhalterische Analyse, habt ihr noch nicht begriffen, dass die Weltwirtschaft kein Kinderspiel ist? Dass sie allem anderen folgt als dem Prinzip kommunizierender Röhren, hier was raus, da was rein? Dass die Ökonomie, bitte schön, etwas ungeheuer Kompliziertes ist, und so, nein, so nun überhaupt nicht funktioniert, das kann euch vielleicht der Weihnachtsmann erzählen. Es ist eine Schande.

Ich pfeife auf die superschlauen Intellektuellen. (Ich hatte euch ja gesagt, dass wir das chaotische Terrain der rauen Wirklichkeit betreten, darum rege ich mich auch ein bisschen auf, das ist normal, schließlich durchqueren wir gerade eine schwere Unwetterfront, haut Löwenzahn in den Kessel, so viel ihr könnt, nein, raucht ihn nicht, nehmt euren Verstand zusammen, rudert, denkt nach, zeichnet, ich brauche euch, haltet euch an den Dollen fest.)

Wir haben jetzt mächtigen Gegenwind. Selbst in den Böen höre ich noch das Geschrei der neunmalklugen Ökonomen, die uns aufzuhalten versuchen: Kommen Sie an Land zurück, Kindchen, wo haben Sie bloß Ihren Verstand, dass Sie solchen Unsinn plappern? Das sind Zahlen, und Zahlen und die Wirklichkeit sind zwei verschiedene Dinge, hat Ihnen das Ihr Vater nie beigebracht? Zahlen machen sich gut auf dem Papier, aber im Kräftespiel der Weltwirtschaften *ist alles sehr viel komplizierter.* Kommen Sie an Land zurück. Sie sind kein kleines Mädchen mehr. Einfach unvorstellbar, sich solchen Schwachsinn anhören zu müssen, das grenzt an Lächerlichkeit, alle Welt wird lachen, Kindchen. *Es ist alles sehr viel komplizierter.*

Abgelehnt. So kompliziert ist es nun auch wieder nicht. Und wir kommen mitnichten an Land zurück. Wir bleiben auf See, stellt euch gegen den Wind, refft die Marssegel, schickt Ruderer auch auf die dritte Reihe, haut Löwenzahn in den Kessel, schließt die Ventile, wir durchqueren gerade ein ganz gemeines

Gewässer, die Roaring Forties, die Brüllenden Vierziger, klammert euch fest, wir halten durch. Wer den Gesang der Sirenen fürchtet, soll sich an den Mast binden lassen wie Odysseus, die alten Griechen haben uns nicht umsonst das Beispiel gegeben, haltet durch!

Wir haben es geschafft. Wir sind durch.

Direkt vor ihrer Nase. Wir sind am Riff der neunmalklugen Ökonomen vorbei, ich glaube, das Schlimmste liegt hinter uns. Sie haben uns nicht gekriegt. Ihr Superschlauen, leckt mich am Arsch (der Nachbar kriegt diesmal nur 'nen Barsch).

Ich albere herum (ein Entspannungsreflex und sehr menschlich nach allem, was wir hinter uns haben). Ich amüsiere mich. Denn die Superschlauen wissen nicht, mit wem sie es zu tun haben. Ich fresse einen Besen, wenn auch nur ein einziger von diesen Ökonomen unter seinen Vorfahren einen kleinen Kuhbauern zählt, der die Kunst beherrscht, ein Hemd zu nähen, das ganz und gar durch einen Ring passt. Um den Besen mache ich mir keine Gedanken. In puncto Superschlaue sind wir in unserer Familie nämlich gut ausgestattet, das hat was von Magie. Ich sehe ihnen, den Superschlauen, furchtlos entgegen, sie schrecken mich nicht, euch auch nicht. Wir sind ihnen haushoch überlegen. Was glauben sie denn, wo sie sind, diese Typen? Im kleinen Kreis, unter Freunden? Während alle Welt auf sie schaut? Also weiter auf unserem Kurs, volle Fahrt voraus, vergrößern wir den Abstand.

Euch zittern noch die Hände, das ist normal. Aber macht mir nicht schlapp, lasst unseren Faden nicht los, er spult sich bereits mit Blitzesschnelle ab. Schüttet Wasser drauf, sonst verbrennen wir uns noch die Handflächen, das wäre jetzt nicht der richtige Augenblick.

Dennoch, die superschlauen Ökonomen haben schon einen gewaltigen Aderlass in unseren Reihen vorgenommen. So manch einer hat sich aus dem Staub gemacht. Das ist so seit Anbeginn der Welt, sie verfügen über ein großes Druckpotential, sie lösen mit ihren Worten panikartige Reaktionen aus, ja, *noch viel komplizierter*, sie terrorisieren. Und Terror wirft ein brisantes Problem auf, ich sprach unlängst auf einer eiskalten steinernen Bank mit Robespierre darüber, denn in puncto Tugendhaftigkeit, muss ich euch sagen, ist Maximilien uns um hundert Längen voraus, unmöglich, ihn zu einem Drink zu verleiten. Es hätte keinen Sinn, wenn ich euch dieses lange Gespräch mit Max hier wiedergeben würde, es führte uns einfach zu weit, wir sollten lieber strikt unserem Plan folgen. Segeln wir weiter, wir sind nur noch neunhundert, unsere Personaldecke ist erschreckend dünn geworden. So ist es meistens mit Utopien, *Hunderttausend zählten wir zu Beginn … doch nur Hundert noch, als wir im Hafen angelangt* (diese Verse stehle ich Corneille, indem ich sie mir für meine Zwecke zurechtschneide, er ist nicht der Typ, der mir das verübeln würde, nein, ich glaube nicht). Gehen wir also in die große Bar von Montparnasse, statt uns in der Gare de Lyon einen abzufrieren, es ist hier inzwischen zu weit für uns geworden, zu düster und menschenleer, dort ist es gemütlicher und wird es sich auch viel angenehmer diskutieren lassen.

Die Liebe.

Wir waren bei der Liebe.

Notiert euch nebenbei auf einem Kärtchen, dass es eine direkte Verbindung gibt zwischen eurer Glückseligkeit und eurer zu Unrecht verachteten linken Hand. Eurer linken Hand, die, zögernd und unbeholfen, immer im Schlepptau der anderen ist, längst nicht so kräftig ausgebildet wie die rechte, weniger schnell und weniger aufbrausend, schlichtes Gelegenheitszubehör zur Pannenhilfe, die aber auf keinen Fall eure blinde Gleichgültigkeit verdient. In unserer haarsträubenden Unwissenheit schleppen wir diese linke Hand nachlässig mit uns herum, ohne zu ahnen, welch unerschöpfliche Summe von Wohltaten sie birgt, genau wie wir auch unserer gesamten Rückansicht nicht die geringste Beachtung schenken. Das ist eine riesige Dummheit mit weitreichenden Folgen.

Glaubt ihr, die Natur hätte uns aus reiner Schusseligkeit eine unbedarfte, tollpatschige linke Hand und gleichzeitig eine virtuose und leicht totalitäre rechte Hand angedreht? Macht keine Witze. Es war Absicht, Berechnung. Wir aber, verführt vom diktatorischen Ungestüm unserer rechten Hand und nur darauf aus, mit unserem frontalen Erscheinungsbild zu glänzen, wir scheren uns einen Dreck um das, was sich die Natur für uns ausgedacht hat. Das ist ein schwerer Fehler. Denn, und das ist nur ein winziges Beispiel, Tugenden wie die Nutzlosigkeit, das Nichtstun und die Langsamkeit finden sich alle in unserer hohlen linken Hand, keinesfalls in der rechten. Im ersten *Kleinen Ratgeber* damals hatte ich mich auf die unübersehbaren Stärken unserer rechten Hand konzentriert, dafür gab es dringende Gründe, ihr erinnert euch. Das ist inzwischen Schnee von gestern, unsere Schultern sind gelockert, der Bauch ist entspannt, das Gesicht geglättet. In der heutigen kleinen Schrift nun nehmen wir uns unsere linken Körperteile vor, von deren Existenz ihr kaum etwas ahnt. Aber wie wollt ihr, dass eure Leiter steht, und wie wollt ihr euch in aller Ruhe auf die Sprossen der Glückseligkeit setzen, wenn diese Leiter nur einen Holm hat? Ein Gerät mit nur einem Holm heißt übrigens Stange, ihr solltet euren Wortschatz mal gründlich überholen. Und eine Stange taugt wohl zweifellos zum Überspringen so mancher Hindernisse, aber keinesfalls dazu, zu seinem Wohlbefinden aufzusteigen.

Ihr seht.

Wohingegen man auf einer Leiter durchaus sein Leben zubringen kann. Und wenn ich »Leiter« sage, so ist das ein kleiner Trick, damit ihr mich schneller versteht. Denn, genauer gesagt, meine ich eine *Stehleiter*, das heißt ein vollkommen autonomes Gerät, das man nicht mehr an eine Wand lehnen muss, es steht von allein. *Ihr steht von allein, Wir stehen von allein.* Ruhig, lächelnd, entspannt, mit dem Hintern sicher auf dem Podest unserer ganz ausgefallen in Lila gestrichenen Leiter sitzend. Aber natürlich könnt ihr euch ein Kissen mit hinaufnehmen und etwas zum Lesen, ich empfehle es euch sogar. Auch die Trommel, wenn ihr wollt. Das Tolle an der Stehleiter ist ja, dass sie vier Holme hat, nicht nur zwei wie die Anstellleiter, und auch wir haben vier. Wenn ihr euch mal die Mühe macht nachzuzählen, statt schon wieder zu zweifeln, werdet ihr feststellen, dass ich recht habe: eine Vorderseite, eine Rückseite, eine linke, eine rechte Hand, macht vier. Seinerzeit hatten wir uns die beiden vorderen Holme unserer Glückseligkeit vorgenommen, heute machen wir uns an die beiden hinteren, die viel unauffälliger, viel bescheidener, aber für die Ausgewogenheit der Sache gleichwohl entscheidend sind. Versteht ihr nun, warum ihr dieses Opus auf keinen Fall über die Reling schmeißen dürft? Es sei denn, ihr wollt euer ganzes Leben an eure Stange geklammert bleiben, mit den Füßen auf gut Glück nach einem verlässlichen Stück Mauer tastend, auf das ihr euch stützen könntet. Verlässlich? Habt ihr die kleine Ameise vergessen? Was wird aus euch, wenn die Mauer bröckelt, wenn sie einstürzt, wenn sie unter euch nachgibt, habt ihr daran gedacht? Nicht auf die Mauer, verdammt, auf euch selber sollt ihr euch stützen, das heißt auf diese raffinierte Leiter, die fest auf ihren vier Holmen steht.

Ich weiß, ich habe auf euren Einwand schon gewartet, die Leiter ist keinen Pfifferling wert, wenn sie nicht auch zwei seitliche Querriegel hat, um die vorderen mit den hinteren Holmen fest zu verbinden. Ohne sie fällt das raffinierte Bauwerk zusammen wie ein schlapper Zirkel, ihr stürzt ab, das hat weitreichende Folgen und löst Angst aus. Lasst euch überdies von mir sagen, dass diese Querriegel aus erstklassigem Metall geschmiedet sein müssen, auf das ihr euch verlassen könnt wie auf euch selbst. Genau. Ihr fragt mich, wo man so was kauft? In kleinen Eisenwarenläden? Im Baumarkt? Habt ihr mir bei unserer abenteuerlichen Heimwerkerei eigentlich von Anfang an aufmerksam zugehört? Ist euch nicht aufgefallen, dass ich euch immer wieder gedrängt habe, vor allem euren FW und euer TI wiederzufinden? Fragt ihr euch nicht, warum?

Genau, deswegen: Weil der FW und das TI die beiden lebenden stählernen Riegel eurer Leiter sind, und die findet ihr in eurem eigenen Laden, sinnlos, woanders danach zu suchen, darum hämmere ich euch auch immer wieder ein, dass ihr gut auf sie aufpasst und sie nicht in der erstbesten Kneipe liegen lasst.

Ich glaube, jetzt sind wohl alle Dinge geklärt. Diejenigen, die uns inzwischen verlassen haben, die Skeptiker und die Schlafmützen, die sich klammheimlich verdrückt haben, sind dabei, etwas ganz Außergewöhnliches zu verpassen. Aber keine Sorge, wir werden ihnen diese Schrift unter der Hand zukommen lassen, großherzig, wie wir sind. Immerhin geht es darin um ihre totale Glückseligkeit, erinnert sie bei Gelegenheit daran, ich frage mich, ob sie wirklich alle ihre Sinne beisammenhatten. Die vielen anderen, die sich beherzt in dieses kleine Werk gestürzt haben, ohne jenes frühere zu kennen, können beruhigt sein: Man kann seine Leiter auch sehr gut bauen, indem man bei den hinteren Holmen anfängt und die vorderen später dransetzt, es ist in keinem Fall ein Handicap. Jetzt sagt mir bitte nicht mehr, dass ihr den Zweck dieses wunderbaren Werkes nicht begreift, oder ich schmeiße mich von meiner Leiter. Es ist dieses Weltknäuel, das euch umtreibt, ich weiß, ihr seht immer noch nicht, inwiefern es mit eurer persönlichen Leiter etwas zu tun hat. Aber so hämmert euch bitte ein für allemal in den Schädel, dass ihr ein Teil dieser Welt seid und dass eure Leiter, wenn sie auch keine Wand benötigt, so doch einen Boden braucht, da beißt die Maus keinen Faden ab, tut mir leid. Und dieser Boden ist die Erde, ist die Welt, das ist nicht schwer zu verstehen, es ist nicht mal ein Konzept. Wenn aber die Welt weiter auf Teufel komm raus Lava spuckt, werdet ihr die vier Holme eurer Leiter niemals aufstellen können, weder mit noch ohne Riegel. Ich sehe, hier macht ihr eifrig eure Notizen, und das ist gut so. Wir fliegen wie der Vogel unserem Ziel entgegen, lasst uns in Liverpool Brennstoff laden, aber keine Eisenbahnschienen, die machen uns zu schwer, wir müssen sogar Ballast abwerfen.

Man bietet uns Ballen gepresster Flechte und Spitzwegerich an, das soll sehr gut brennen. Ich habe die neunmalklugen Ökonomen in Verdacht, die Holzreserven eingefroren zu haben, um uns an der Weiterfahrt zu hindern. Auf einen Superschlauen gehört ein Megaschlauer, letztendlich kann man alles verfeuern, so ein fieses Embargo wird uns nun wirklich nicht aufhalten, einfach albern so was. Packt mir den Kessel mit gepresster Flechte voll, treibt die Turbinen an, und weiter geht's. Die große Uhr von Montparnasse hat zwei geschlagen, schon mehr als der halbe Tag vorbei. Nein, eure Napfschnecken, die schmeißt nicht in den Kessel, das wäre verheerend, das gesamte Rohrleitungssystem würde verkalken. Ja, in der Tat, denn die Napfschnecke ist ein Mineral, keine Pflanze, kaum einer weiß mehr was über die Grundlagen, es ist ein Elend. Während die Flechte und der Spitzwegerich mit ihrem Silizium die Turbinen gleichsam verglasen, na klar, es sind ja Pflanzen. Aber sicher ist in Pflanzen Silizium enthalten oder Kieselsäure, wo habt ihr bloß euren Kopf? Darum könnt ihr euch ja auch in den Finger schneiden, wenn ihr Gräser mit bloßen Händen pflückt. Habt ihr nie darüber nachgedacht? Achtung, das schneidet wie Glas. Ja genau, denn zur Herstellung von Glas braucht man Kieselsäure. Großer Gott, wir können nicht alles wiederholen, Pech gehabt, holt mir die Napfschnecken aus dem Ofen und gebt sie den Hühnern, dann sind wir sie los. Jawohl, den Hühnern, denn die wiederum brauchen Kalk, überlegt mal. Ihr seid mir nicht gerade eine große Hilfe, man könnte meinen, ihr macht es mit Absicht, also Segel gesetzt und weiter.

Die Liebe.

Da waren wir stehen geblieben.

Das heißt, darauf kommen wir zurück, wir waren mit dem Thema ja noch nicht fertig. Ihr wendet ein, wozu haben wir geschwitzt wie Aal in Aspik in der Spirale des Schneckengehäuses, wenn wir nun doch noch mal auf die Liebe zurückkommen müssen? Aber ihr müsst bedenken, dass unsere Entdeckung der Wohltaten des Violetts, obwohl in der Tat außergewöhnlich, in diesem Augenblick ja noch ganz und gar unbekannt ist, ein Geheimtipp, rein virtuell. Wir haben für die Zukunft gearbeitet. Das ist sehr schön, sogar wunderbar, aber ich frage euch: Und die Gegenwart? Hattet ihr die vergessen? Obwohl ihr mit beiden Beinen drinsteckt in ihrem Schlamm? Wisst ihr, dass gegenwärtig dermaßen viele Kriege zwischen Blau und Rot toben, dass ich euch ihre genaue Anzahl lieber nicht sagen will, von euren eigenen ganz zu schweigen? Ja, sicher, das ist traurig, aber wenn es nicht so wäre, würden wir hier ja auch nicht Blut und Wasser schwitzen über dieser kleinen Schrift. Es bleibt uns nichts anderes übrig, als ein paar kleine Kniffe zu erarbeiten, mit denen wir unseren gegenwärtigen Schlamassel in den Griff kriegen. Aber ihr werdet sehen, nach allem, was wir in der Spirale durchgemacht haben, wird euch das wie ein Kinderspiel vorkommen. Es handelt sich jetzt nur noch um Kleinkram für den sofortigen Gebrauch, um Pannenhilfe für den Augenblick, was gleichwohl kein Grund ist, überheblich zu werden. Auch in Zukunft sollten wir nicht so große Töne spucken und die kleinen Tricks verachten. Denn die Herstellung von Violett und vor allem seine *Konservierung* geschieht nicht im Handumdrehen, das solltet ihr von vornherein wissen. So klug und subtil man mit der Zeit auch geworden ist, kann es einem durchaus passieren, dass man plötzlich das Handtuch wirft. Dass man kentert. Dass man eines schönen Morgens (meistens passiert es eher am Abend), nach einem emotionsgeladenen kleinen Crash ganz aus heiterem Himmel, jählings in seine ursprüngliche Farbe zurückfällt. Dass man danach große Mühe hat, seine roten und blauen Farbnäpfchen wiederzufinden, um aufs Neue die wohltuende Mischung anzurühren. Im Verlauf dieses Zwischenfalls, bei dem wir kopflos und unbeholfen im Morast unserer Ursprünglichkeit herumpatschen, werden wir glücklich sein, wenn wir ein paar Pannentricks kennen, mit denen wir mir nichts, dir nichts vermeiden können, alles bisher Errungene zu zerstören. Spielen wir also nicht zu sehr den starken Mann, scheuen wir uns in solchen Augenblicken der Schwäche nicht vor den zwischenzeitlichen Kriegslisten.

So haben alle, die meine Ratschläge seinerzeit befolgten, und in dem Fall hatte ich die Nägel weiß Gott mit dem Vorschlaghammer reingetrieben, ihre Situation beträchtlich verbessern können, obwohl auch da noch nicht alles perfekt ist, was an einem rückwärtsdrehenden Zweifel liegt (auch Satansröhrling genannt). Doch unter den Neuen sehe ich einige, die noch ihr komplettes Druckmittel-Set bei sich haben, bestehend aus Vorwurf, Forderung, Drohung, Ultimatum usw., sie haben das Werkzeug unter ihrer Windjacke versteckt, aber ich sehe alles. Vergesst nicht, ich habe einen Ahn, der ein ganzes Hemd durch einen Ring gekriegt hat. Hat zwar nichts miteinander zu tun, aber trotzdem. Solche schädlichen Utensilien nisten sich in den Falten der Liebe ein und zerstören sie mit der Gefräßigkeit von Motten. Ein berühmtes Beispiel: *Die Liebe ist ein wilder Vogel …* Dieses Zitat, das wir den Librettisten der Oper *Carmen* stehlen (Meilhac und Halévy, stimmt, hier wisst ihr mal die Quelle, aber übertreibt es nun auch wieder nicht), das können wir so stehen lassen, es ist gut. Keinesfalls aber die zweite Textstelle aus derselben Arie: *Und lieb ich dich/Nimm dich in Acht!*, ihr seht, wie gekonnt das Gift sich klammheimlich in die besten Absichten schleicht. Diesen Teil der Arie werfen wir weg. Ich sehe, einige sind dagegen, die diesen kleinen Satz irgendwie mögen, aber ich sage: Achtung! Wir passieren ein Korallenriff, an dem jeder sich den Bauch aufreißen kann, beißt die Zähne zusammen. Aber natürlich werfen wir ihn weg. Und zwar auf der Stelle, denn ihr müsst wissen, dagegen ist der Satansröhrling eine Lappalie. Solcherart Drohungen (gesteigerte Vorwürfe) sind Kriegsgerät. Schmeißt mir diese verdammten Druckmittel über Bord, sie vernebeln uns nur den Verstand.

Denn klar zu denken ist ein Gebot ersten Ranges in der Liebe, um alles zu vermeiden, was sie vergiften könnte. Fangen wir am besten gleich damit an: Ich glaube euch gesagt zu haben, dass, wenn man jemanden liebt, uns niemand dazu aufgefordert hat. Keiner hat nach uns geläutet. Wir lieben aus freien Stücken, und der andere ist in keiner Weise dafür verantwortlich. Das klärt unser Denken schon mal ganz erheblich, schreibt es euch auf, dieses Buch wird nicht veröffentlicht werden. Es ist bestimmt, nächtens unter der Hand zu zirkulieren. Woraus folgt, dass der andere nicht dafür bezahlt wird, dass er uns wiederliebt mit der Begründung, dass wir ihn ja liebten. Wir schwimmen da geradezu in einer sehr erhellenden, ja belebenden Flut von Offensichtlichkeiten. Woraus wir drittens schließen, dass niemand von Natur aus das Recht hat, dem geliebten Wesen Vorwürfe zu machen, wenn es einen nicht so liebt, wie man sich das wünschte. Das Wesen tut, was es kann, je nach Veranlagung, meistens nicht viel und nicht genug oder aber viel zu viel, hämmern wir uns das in den Schädel, das geliebte Wesen ist nicht auf der Welt, um uns gefällig zu sein. Es ist toll, wie diese Rückbesinnung auf die Grundlagen unserem Geist neuen Schwung verleiht, ihn stimuliert. Somit könnt ihr euer ganzes Arsenal an Vorwürfen, Gehässigkeit, Groll und *tutti quanti* lachend ins Meer werfen, umso mehr, das sei für die Zwischenrufer hinzugefügt, die meinen Ratgeber von einst zu Hause vergessen haben, als Vorwürfe die Flucht des Wesens auslösen, und zwar proportional zu ihrer

Schlagkraft. Für die Sitzenbleiber wiederhole ich es nicht, ihr solltet das alles ja in- und auswendig wissen. Durch Vorwürfe erreicht ihr nur, dass die Dynamik des Blau-Rot-Gemetzels sich beschleunigt, der Effekt ist atemberaubend. Vergesst also niemals, euch diese belebenden kleinen Maximen ins Gedächtnis zu rufen, sobald sich ein Vorwurf auf eure Lippen drängt.

Ja, aber wenn es zu spät ist? Ja, aber wenn diese verdammte Dynamik schon ausgelöst ist? Was soll man naturgemäß dann tun? Wir haben versprochen, diese Möglichkeit zu erörtern, also los. Ich schlage vor, wir machen unser Experiment mit einem unbekannten Paar, das erlaubt uns, Distanz zu wahren, neutral und wissenschaftlich objektiv zu bleiben.

Nehmen wir ein Paar in einer schon sehr verfahrenen Situation, bei dem die Blau-Rot-Dynamik voll im Gange ist, bestehend aus Element B1, das bereits auf dem Absprung ist, und Element B2, noch in Warteposition befindlich. Wenn ihr wählen müsstet, setzt eure Spielfigur eher auf B1 als auf B2, die Verluste sind dann weniger hart. Nein, wir spielen hier nicht Schiffeversenken, wir sind mitten in einem menschlichen Drama, also bitte keine Blödeleien. Kaum sind wir im Labor, zerstreut ihr euch schon, spielt mit Reagenzgläsern und Pinzetten, das ist unseriös, ihr benehmt euch wie die Kinder. Legen wir das unglückliche Paar auf ein dünnes Plättchen, geben wir einen Tropfen Glyzerin darauf, stellen wir scharf, und was beobachtet ihr?

Nein, jetzt ist nicht der Augenblick, uns wegen Treibstoffproblemen zu stören, also bitte, wir sind mitten in einem hochsensiblen Experiment, füllt mir diesen verdammten Heizkessel womit ihr wollt, in Edinburgh tanken wir nach. Was beobachtet ihr?

Dass sie sich duzen? Klar duzen sie sich, ich sagte euch doch, sie sind ein Paar. Lasst mich mal ans Mikroskop. Phantastisch, ich sehe sie, als wenn ich dabei wäre, Wahnsinn, was diese optischen Geräte einem alles ermöglichen. Was also sehen wir? Der Krieg ist bereits voll im Gange, einfach faszinierend, linker Hand sehe ich einen ganzen Stapel alter Vorwürfe und rechter Hand einen Haufen Wurfgeschosse. Jetzt erkenne ich auch Element B1, das sich in eine Ecke geflüchtet hat, auszuweichen sucht, Haken schlägt und sich gemäß Vogel-Strauß-Taktik schweigend entzieht. Seltsam, ich sehe B2 gar nicht. Ah doch, jetzt habe ich es entdeckt, es hockt in Napfschneckenpose auf seinem Felsen, Tendenz blau. Ein naives Gemüt würde sich vorstellen, dass die Not, in der sich B2 befindet, B1 auf der Stelle zu Tränen rühren wird. Ihr könnt einpacken mit eurer Naivität, wir sprechen hier von Liebe, so dumm seid ihr nun wieder auch nicht. Ihr solltet vielmehr bemerken, je mehr B2 sich grämt, desto mehr verhärtet sich B1 und steckt den Kopf tiefer in den Sand. *Man könnte meinen, die Liebe ist etwas Unangenehmes.* So weit kommt's noch. Damit sind wir bei einem recht ungewöhnlichen Paradox angelangt, schaut an, was für Elemente von reiner Schönheit sich in unserem Kielwasser sammeln. Wenn ich »Paradox« sage, dann aus Jux, zur Entspannung in solchen Augenblicken höchster Erregung. Denn die Natur, von Haus aus ökonomisch und rigoros, hat anderes zu tun, als sich Paradoxe auszudenken, das könnt ihr euch vorstellen. Das Paradox ist ein lächerlicher Zeitvertreib, allenfalls für das pauschale Denken der Menschen geeignet, die sehr erfahren darin sind, sich das Dasein zu verleiden. Die Natur arbeitet in einem fort, unerbittlich und vernunftgesteuert: Wenn also die Liebe einen schließlich anwidert, dann ist es keine Liebe mehr. Ihr seht, letztendlich regelt sich alles. In dem verheerenden Fall, der uns hier unterm Mikroskop so leidenschaftlich beschäftigt, hat sich die Liebe in ihr genaues Gegenteil verkehrt. In Knechtschaft und Unterwerfung bei B2. Welche von Natur aus widerlich sind. In Ausweichmanöver und Aggressivität bei B1.

Welche von Natur aus erbärmlich sind. Ich sehe, keinem ist mehr nach Blödeln zumute. Legt euch zwei Karteikärtchen an, halten wir uns nicht für schlauer als andere, diese Verwandlungen passieren öfter als nötig ist.

Ohne mich in übereilte Prognosen stürzen zu wollen, liegt es doch auf der Hand, dass das Paar B1/B2 in einer ziemlich verfahrenen Situation ist. In einer solchen Lage ist es besser, die Schwelle zu überschreiten, den Kopf aus dem Sand zu ziehen oder sich vom Felsen zu lösen durch eine entschlossene Rotationsbewegung. Ihr müsst zugeben, dass, wenn B2 noch nicht gegangen ist, obwohl nichts ihn / sie zwingt, bei einem Wesen zu bleiben, dessen Art, ihn / sie zu lieben, ihm / ihr nicht gefällt, dann weil er / sie bereit ist, über Gebühr lange auf dem Nagelbrett liegen zu bleiben. Ich sagte euch ja, die Liebe ist eine harte Droge. Mit einem Suchtverhalten, das einen *sein Nagelbrett lieben* lässt. Solltet ihr versehentlich auf Position B2 geraten sein, gibt es nur einen Ausweg: Steht schnellstens auf und dann nichts wie weg. Dieses »Nichts wie weg« ist der entscheidende Trick, trinkt Blattlaussaft, das stachelt euch an.

Ich weiß, das ist hart. Da bin ich voll und ganz eurer Meinung. Es ist zu hart. Wir werden eine Pause einlegen, wir werden eine Ente zeichnen. Seid so nett und reicht mir ein Blatt, dass ich auch eine kritzeln kann, ein wenig Übung kann nie schaden, es frischt die Grundkenntnisse auf. Wenn ich »Australien« sage, dann bin ich wahrscheinlich auf dem Holzweg. Möglicherweise ist er in British Columbia, also ihr seht. Und von Paris nach Vancouver, das ist nicht gerade um die Ecke. Alle sind ruhig, alle zeichnen.

Ihr seid nicht sonderlich begabt für Enten, aber das wird noch. Seht euch die Stockente an, die ich gezeichnet habe, schön, nicht wahr? Man könnte meinen, sie fliegt gleich los, geradewegs nach Vancouver. Seid ihr auf Position B1, dann nehmt, zum Teufel, allen Mut zusammen, lasst euer Wurfgeschoss fallen und geht ebenfalls. Doch in welcher der beiden Situationen ihr euch auch befindet, fasst eure Leiter ins Auge, steigt hinauf, nehmt viel Lesestoff mit und vergesst Kissen und Trommel nicht. Ja, ich weiß, euch steht gerade nicht der Sinn nach Entenzeichnen, Enten sind einem in diesem Augenblick scheißegal, was sicher ein Fehler ist. Aber was wollt ihr, das haben wir alle in der einen oder anderen Form durchgemacht, denn grausam und unerbittlich ist das Gesetz der Natur, versuchen wir ihr in die Augen zu sehen, niemand hat gesagt, dass die Natur gütig sei. Sie ist eine einzige Gemeinheit. Wie sie andererseits unbarmherzig logisch ist. Warum? Weil B1 und B2 in ihrer schuldhaften Sorglosigkeit, ganz ihrer beginnenden Liebe hingegeben, darauf wette ich, ihren FW und ihr TI aus dem Blick verloren haben, die die Natur in ihrer Güte ihnen bei der Geburt ins Ränzlein gelegt hat. Doch, und damit schlage ich den Nagel noch ein bisschen tiefer ein, genau dieser Verlust ist die Ursache immer wiederkehrender Sorgen und Probleme in der Welt. Passt verdammt noch mal auf eure Sachen auf. Und wenn ich »Sachen« sage, meine ich nicht eure Uhr oder euer Auto, Letzterem messen manche Leute eine maßlose Bedeutung bei. Ich sehe doch, wie sie mit neurotischer Hingabe seine Chromteile putzen. Sind sie sich eigentlich bewusst, dass sich ihr FW unterdessen heimlich in die Büsche schlägt, Hand in Hand mit ihrem TI? Die beiden Kumpel verstehen sich nämlich glänzend. Achtung, sie sind flink wie die Grashüpfer und büxen bei der geringsten Gelegenheit aus. Sie zu halten erfordert tägliche Mühe und Aufmerksamkeit. Im Bewusstsein ihres unschätzbaren Wertes, stolz und ein bisschen wild, führen sie sich gern wir hysterische Jugendliche auf, sind schnell verletzt, wegen einer Nichtigkeit beleidigt und reißen aus, sobald man sie nur einen Moment vernachlässigt, zum Beispiel indem man *Chromteile putzt.* Das hat die Natur sich so ausgedacht.

Und man kann es beweisen. Fokussieren wir direkt auf B1 und B2, die umgebende Landschaft versinkt in einem unscharfen Panoramabild: Seht ihr das Ränzlein von B1 und B2? Nichts da, sie haben es irgendwo liegen lassen, auf einem Parkplatz oder in einem Hohlweg, beglückwünschen tun wir sie nicht dazu. Schaut selbst durch, wenn ihr mir nicht glaubt, das Bild ist eindeutig. Kein Ranzen, also keine Liebe mehr. Keine Hoffnung, Violett anzumischen. Sinnlos also, in der Gegend herumzubummeln, macht es wie die wahren Recken, fasst euch ein Herz und flieht geradewegs auf die rettende Leiter zu, ich wiederhole es für diejenigen, die da eben noch mit Blattläusen spielten und nicht zugehört haben. Das Manöver erspart euch eine Menge Kummer und trägt gleichzeitig zum Frieden in der Welt bei. Denn erinnert euch: Wenn jeder von uns derartig viel Murks macht in der Liebe, dass er sich selbst und dem andern *über die Maßen* wehtut, sind wir, wenn meine Berechnungen stimmen, bei sechs Milliarden menschlichen Wesen, die mehr leiden als gut ist. Ihr seht, das hat keinen Sinn. Sechs Milliarden über die Maßen unglückliche

Menschen auf Dauer, das heißt überaus gereizt und auf der Suche nach einem Feind (ich kürze ab, wir können uns nicht mehr lange aufhalten). Folglich sechs Milliarden maßlos streitsüchtige Individuen.

Und das heißt Krieg.

Sechs Milliarden Individuen im Krieg.

Und dafür sind wir alle verantwortlich. Ich höre, wie ihr aufschreit, schuld daran sei der andere, nicht ihr. Gewiss, das stimmt sogar. Aber da man immer der andere eines andern ist, sind wir letztendlich alle verantwortlich. Auch für den Fall, dass wir Aktien an den 250 größten Vermögen der Welt haben (nennen wir sie der Einfachheit halber GVW, eine poetischere Bezeichnung ist nicht nötig). Verkauft sie auf der Stelle und überlasst mir eure Bankauszüge, wir geben sie Wanderhühnern, deren Mägen sind voll von Napfschneckenkalk, das wird ordentlich bullern. Aber bringen wir nicht unsere einzelnen Themenfäden durcheinander, die wiederum nur ein und derselbe Faden sind, das ist uns jetzt deutlich bewusst, und nehmen wir Kurs auf die Zukunft. Was haben die uns in Edinburgh bloß für einen Mist angedreht? Schafswolle? Gemischt mit gestampftem Heidekraut? Wollen die uns verarschen?

Na gut, nehmt die Fracht an Bord, es heißt, das Zeug brennt gut, aber es stinkt. Was nicht weiter schlimm ist, da haben wir ganz andere Dinge erlebt, so ein ekelhafter erstickender Geruch nach verbranntem Fell wird uns nun auch nicht mehr von unserem Ziel abhalten, dass ich nicht lache. Packt mir den Kessel voll, strafft die Segel, lichtet den Anker, es geht weiter.

Ich sehe, wir haben bei unserem Zwischenstopp einen Eingeborenen an Bord genommen, was sehr sympathisch ist, aber ich sehe auch, dass wir in den Pubs der schottischen Hauptstadt vierhundertzwölf Galeerensklaven verloren haben. Die nur eben mal auf ein Bier losgezogen waren, aber nie an Bord zurückgekehrt sind. Wir sind also nur noch vierhundertneunundachtzig. Machen wir gute Miene zum bösen Spiel und Leinen los!

Der Krieg, genau. Und die Liebe. Es passt alles zusammen. Nicht schlecht, ihr habt bis zum gegenwärtigen Zeitpunkt unbemerkt neunundachtzig Konzepte geschluckt. Ich verrate euch noch einen zusätzlichen Trick, an Ideen mangelt es mir ja nie: *Ich habe herausgefunden, dass alles Unglück des Menschen allein daher rührt, dass er es nicht vermag, zwei Gefühle auf einmal auszudrücken, sei es in einem Zimmer oder anderswo.* Ja, das ist bitter, schluckt es zusammen mit dieser gezuckerten Schokolade hinunter, versucht gegen den Gestank der Schaffelle anzukämpfen, die im Heizkessel glühen.

Den Zweiflern sei gesagt, diesen Satz habe ich nicht Pascal gestohlen, ich schwöre es bei den Schafsköpfen von Edinburgh. Ich habe ihn mir selbst gestohlen, was kein Verbrechen ist, soweit ich weiß.

Habt ihr nie darüber nachgedacht? Über die Tatsache, meine ich, dass wir unsere Gefühle (Emotionen/ Empfindungen/Gemütszustände) niemals gleichzeitig, sondern immer *nacheinander* aus uns herauslassen? Beispiele: Wut und Besonnenheit, Vorwurf und Toleranz, Mittelmäßigkeit und Seelengröße, Mordgedanken und Milde, dabei lasse ich es bewenden, sonst kommen wir nie zum Ende. Solltet ihr schon mal jemandem begegnet sein, der in der Lage ist, ein einziges dieser Gefühlspaare *gleichzeitig* zu äußern, dann bringt ihn freiwillig oder mit Gewalt auf dieses Schiff. Meine Schwester lasst in Ruhe, ich weiß sehr wohl, dass sie in der Lage ist, sieben bis acht einander widersprechende Empfindungen in einem Atemzug rauszuhauen, was sie in ihrer Handlungsfähigkeit zuweilen etwas blockiert. Sie ist ein Fall für sich, sie ist eine große Künstlerin, lasst sie um Himmels willen in Ruhe: Wenn es auf dieser Erde nur Leute wie meine

Schwester gäbe, hätten wir garantiert nicht diese verdammten Kriegsprobleme auf dem Hals. Gleiches würde ich von mir nicht sagen, stellt euch vor. Ihr seht, wie hellsichtig ich bin (dieses Werk richtet sich ja ebenso an mich wie an euch), denn ich habe eine Neigung zur Impulsivität, die aus den tiefsten Tiefen meiner Kindheit herrührt, aus dem Umstand nämlich, dass ich mit zehn Minuten Verzögerung geboren wurde, ich werde nun spätestens am Sonntag meiner Mutter ein ruhiges und gehaltvolles Wörtchen dazu sagen. Doch vorher nicht, wir sind nicht hier, um über mich oder meine Familie zu reden, das könnt ihr euch wohl denken. Also, was meine Schwester betrifft, dreht euren Stift siebenmal in eurer Federtasche herum. Und mein Bruder, der auch so ein spezieller Dampfkessel ist mit einem ganz eigenen Genie, ist natürlich in der Lage, gleichzeitig, jedoch dermaßen schnell seine Gefühle herauszulassen, dass keiner in der Eile mitkriegt, um welche es sich eigentlich handelt. Lasst meinen Bruder in Ruhe, mischt euch nicht in meine Familienangelegenheiten, ihr seid mir viel zu neugierig, das macht mir Angst.

Ausgenommen diese beiden ungewöhnlichen Fälle, werdet ihr keinen Menschen finden, der idealerweise *zwei* Empfindungen gleichzeitig zum Ausdruck bringen kann, was heißt, dass sie sich auch gleichzeitig als solche erschließen. Ihr werdet mir keinen Kerl finden, der, im Begriff, seinem Kumpel den Schädel einzuschlagen, fähig wäre, *gleichzeitig* zu bedenken, was er tut. Ihr werdet mir keine Frau finden, die, im Begriff, an einem Ultimatum zu feilen, fähig wäre, *gleichzeitig* den FW des geliebten Wesens zu verstehen. Ihr werdet mir keinen Soldaten finden, der *im selben Moment*, wo er abdrückt, fähig wäre, sich die Folgen seines Schusses vorzustellen – ich habe die Augen des Mannes gesehen genau in dem Augenblick, bevor er starb, ein grässlicher Alptraum Tag und Nacht, der einen bis ans Lebensende nicht mehr verlassen wird. Aber ich werfe auf niemanden das Gewehr, denn wir haben noch nicht Samstag. Das konntet ihr nicht wissen.

Demgegenüber sind wir sehr gut darin, unsere Empfindungen *nacheinander* zum Ausdruck zu bringen: das geliebte Wesen zu beschimpfen und ihm *hinterher* Napfschnecken zu schenken; einen Feind zu töten und *hinterher* am Leben zu verzweifeln; einen Brief abzuschicken und ihn *tags darauf* heftig zu bedauern. (Mein Vater pflegte immer zu sagen: »Verschieb die Post lieber auf morgen, die du heute willst besorgen«, und ich bin mit diesem Rat immer gut gefahren, der mir eine Menge Fehler erspart hat.) Für das Nacheinander, ja, dafür sind wir echt begabt. So dass die Verkettung unserer gegensätzlichen Handlungen sich beliebig lange fortsetzen ließe, was unterm Mikroskop sehr genau zu erkennen ist: seinen Brief heftig bereuen und *danach* einen neuen schicken; Napfschnecken schenken und *danach* das geliebte Wesen aufs Neue beschimpfen; Tränen weinen über den getöteten Feind und *danach* erneut in den Krieg ziehen. Ich denke, ihr könnt mir ohne größere Mühe folgen. Wer hier nie gesündigt hat, hebe das Ruder. Sündigen meine ich natürlich rein moralisch. Ach, allmählich bin ich es leid, euch das alles diktieren zu müssen, ihr stolpert ja über die simpelsten Wörter, eine Veröffentlichung hätte manches vereinfacht, aber bedauern wir nichts, so im kleinen Kreis frei versammelt zu sein hat auch sein Gutes, es ist viel sympathischer und gemütlicher, zumal wir nur noch hundertvierundsiebzig Mann sind, die Erschöpfung reißt gewaltige Lücken in unsere Reihen, es ist menschlich. Aber es untergräbt in keiner Weise meine Moral, ich glaube an euch, dieses Schiff stinkt ekelhaft nach verbranntem Schaf, schmeißt Heidekraut in den Ofen, da werden wir uns alle wohler fühlen.

Und nun stellt euch vor, wir bemühten uns, all das *gleichzeitig* zu tun.

Die Welt hätte ein vollkommen verändertes Gesicht.

Da wir ja nun fähig wären, zu denken, *während wir handeln,* im selben Bruchteil einer halben Sekunde. Begreift ihr, was das für eine Revolution bedeutet? Die rächenden Arme halten ein, die Küchenmesser ziehen sich aus den potentiellen Wunden heraus, die Vorwürfe bremsen wie ein Schneepflug am Rande der Lippen, die Beleidigungen kehren ins Nest zurück, die Ultimaten werden tot geboren, der Treibhauseffekt kommt zum Stehen. Ergebnis: Die Lieben verlaufen harmonisch, die Kriege hören auf, die Gletscher an den Polen erholen sich. Wumm.

Ich greife eurem Einwand in einer Vierteldrehung vor, da ich vermute, dass ihr über die Meinung der Psychoanalyse zu den Wohltaten spontaner Gefühlsausbrüche bestens informiert seid: Wenn wir unsere Wut in uns hineinfressen, wenn wir unseren Zorn, unsere Gewalt, unsere zwanghaften Begierden, unsere Gewehrkugeln und *tutti quanti* unter dem Vorwand gleichzeitigen Nachdenkens unterdrücken, werden wir mit der Zeit frustriert, introvertiert, verhärten seelisch, werden krank. Ich weiß: Man muss schreien, um leben zu können, ich bin auf dem Laufenden.

Aber ich hindere euch ja nicht daran, zu schreien, zu schlagen, auszurasten, ganz im Gegenteil (lasst allerdings die Gewehrkugeln weg, das Wort habe ich mit dem Cutter gänzlich aus dem Lexikon herausgeschnitten). Ich rate euch nur, es nicht aus ungerechten Gründen wie der Liebe oder dem Krieg zu tun, wo es euch nur Scherereien einbringt, die euch genauso verhärten, Ehrenwort. Aber wie soll man sonst schreien, von Natur aus sozusagen? Ich persönlich bin gegen die Methode, die rät, ganz allein zu Hause oder unter einer Eisenbahnbrücke zu schreien. Das ist grotesk und ohne jede Wirkung. Wie dann sonst? Bleibt ganz entspannt, in dieser heiklen Situation helfen uns die GVW aus der Klemme, gegen sie könnt ihr schreien, soviel ihr wollt. Dabei könnt ihr euch abreagieren und mit diesem Schrei gleichzeitig den superschlauen Ökonomen einen fatalen Hieb versetzen, aber ja doch, davon bin ich fest überzeugt. So schlagen wir denn zwei Napfschnecken mit einem Schrei.

Wir haben bereits viel Faden abgespult, ich schöpfe wieder Hoffnung.

Obwohl, es schleicht sich gerade ein Strohhalm in mein Werk.

Ein Zweifel kommt mir, ich beobachte ein leises

Flattern in den Segeln, das mir gar nicht gefällt. Packt mir diesen Zweifel beim Schlafittchen und schmeißt ihn samt seinem Rettungsring ins Wasser und gut Wind!

Jetzt ist dafür wirklich nicht der richtige Augenblick.

So bleibt mir, euch auf eine nicht unbedeutende Kleinigkeit in Sachen Liebe hinzuweisen, da ihr ja nun euren FW und euer TI wieder bei euch habt. Denn wenn die Kontrolle über die beiden Letzten euch auch vor dem verhängnisvollen Rückfall bewahrt, so schützt sie euch doch nicht vor plötzlich auftauchenden Problemen, vor Kummer, ich hatte euch ja gesagt, wie schwierig es ist, den Kurs konsequent auf Violett zu halten, es kann schon mal vorkommen, dass man durchdreht. Was ärgerlich ist. Wir stellen wieder einmal fest, dass die Liebe etwas sehr Einfaches ist, wie ich euch ja von Anfang an sagte. Schneidet euer Ruder zurecht und notiert, was ich herausgefunden habe, es sieht nach nichts aus, hat aber weitreichende Folgen. Ich selbst habe diese Entdeckung gemacht, ganz für mich allein im Labor, und an achtundsiebzig Napfschnecken und mir selbst ausprobiert, ich war weiß Gott nicht untätig. Entschlossen habe ich mir die berühmte Gleichung *Liebe = Probleme = Kummer* vorgenommen, an die nur wenige Forscher sich bisher herangewagt hatten. Und habe mir einen recht passablen Trick ausgedacht, um euch aus diesem Wespennest zu befreien, an dem selbst Thales von Milet sich die Zähne ausgebissen hat. Allerdings war die Liebe nicht unbedingt sein Spezialgebiet, das hat er mir neulich Abend in aller Bescheidenheit erklärt, als er ein Glas mit mir trinken war. Davon abgesehen aber ist er mit meiner Verfahrensweise vollkommen einverstanden, und das ist ja schon mal eine beachtliche Empfehlung. Alle, die sich bisher an diese Gleichung herangewagt haben, haben sie beim falschen Ende angepackt, also beim *Kummer*. Das ist Unsinn und führt in eine Sackgasse. Niemand kam auf den Gedanken, sie vom anderen Ende, also vom *Problem* her zu fassen. Darauf musste man erst mal kommen. Ich erzähle euch die Sache in zwei Sätzen und vergesst nicht, ich habe sie getestet, ich kann allen Interessierten wie auch allen Pedanten unter den exakten Wissenschaften mein Forschungsprotokoll kopieren, neunhundert Seiten, die ich ihnen auf den Tisch blättern kann.

Wir fassen also unsere Gleichung unter den Achseln, heben das Ganze hoch (Achseln sind keine Muscheln, keineswegs, sie gehören zum Tierreich, Herrgott, über eure Ursprünge wisst ihr mal wieder gar nichts) und peilen forsch und ohne Zagen das *Problem* in seinem Herzstück an, das ihr für unlösbar hieltet. Natürlich ist es unlösbar, eben dadurch definiert sich ja das *Problem* in der Liebe, es ist ein Postulat, seht in euren Unterlagen nach. Das *Liebesproblem* ist nicht gemacht, um gelöst zu werden, die Natur hat es nicht so gewollt. Sperrt eure Napfschnecken weit auf, wir steuern geradlinig auf die Abschaffung des *Problems* in der Liebe zu, die sowohl unter Laborbedingungen als auch in freier Natur, *in vivo* sozusagen, ausgeführt werden kann, da sie sehr wirkungsvoll und einfach in der Handhabung ist. Und damit sind wir beim *Melborp* (denn mein Vater pflegte zu sagen, dass nichts existiert, solange es nicht benannt ist). Ein *Melborp* zu haben bedeutet, kein Problem zu haben. Hört genau zu und schreibt mit. Um diesen Effekt zu erreichen, stellt euch vor eure Werkbank, auf der das unlösbare Problem liegt, breitbeinig und mit nach unten verlagertem Schwerpunkt, gerade jetzt solltet ihr nicht ins Taumeln geraten, haltet euren linken Arm über der Arbeitsfläche, parallel zur Tischkante, in der sogenannten japanischen Stellung. Und mit einer einzigen kräftigen Bewegung fegt ihr ohne Zögern und ohne Gewissensbisse das ganze vertrackte Ding vom Tisch und in den Müll. Wischt den Ärmel ab, das war's. Das *Problem* löst sich sofort auf, und ihr erhaltet im gleichen Augenblick ein *Melborp.* Erkennt ihr das Prinzip Verfeinerung und Nuancierung wieder, von dem wir weiter oben sprachen?

Vorsicht, ich habe nie gesagt, dass ihr das geliebte Wesen in den Müll werfen sollt, sondern *nur das Problem,* mäßigt euch in euren Gesten, die beiden haben nichts miteinander zu tun, ganz im Gegensatz zu dem, was ihr immer dachtet. Ihr könnt die Werkbank danach entsorgen, wenn ihr euch stark genug fühlt, doch wenn ihr ahnt, ein weiteres Problem könnte demnächst auftauchen, dann hebt sie lieber auf, lasst das Problem vierzig Tage lang schwelen, dann wiederholt das Manöver. Nur Mut. Denn den braucht es, um diese Bewegung auf der Werkbank zu vollführen, da man seine *Probleme* und seinen *Kummer* durch eine Art Suchteffekt sehr schnell lieb gewinnt. Je mehr Melborps man also erhält, desto besser. Achtung, das Melborp gehört keinesfalls zum Mineralreich, zum Pflanzen- oder Tierreich, auch nicht ins Gebiet der Moral oder des Spirituellen, es ist ein rein zerebrales Phänomen, verwechselt mir nicht die Karteikärtchen.

Die befreiende Wirkung ist total, dauerhaft und

chemisch stabil. Sobald ihr im Besitz des Melborps seid, kommt es zu einer Kettenreaktion durch positiv geladene Ionen und darüber augenblicklich zur Auflösung des *Kummers*, was nicht weiter erstaunlich ist, da er ja in direkter Wechselbeziehung zum *Problem* stand. Ich füge hinzu, aber das liegt auf der Hand, dass mit dem Auftauchen des Melborps keineswegs die Liebe schwindet, im Gegenteil. Begreift, wie euer ganzes Leben dadurch gewinnt. Wie viel standfester die vier Holme eurer Leiter werden, und natürlich könnt ihr ein Kissen mit hinaufnehmen, ich empfehle es euch sogar.

Eines allerdings müsst ihr bei den Melborps beachten: Sie sind bestens geeignet für die Liebe, den Feind, die Religion und einen Haufen anderer Ärgernisse, aber lasst die Finger von ihnen, wenn es um die 250 Größten Vermögen der Welt geht. Die GVW sind ein Problem für sich, das nicht in Melborps konvertierbar ist, passt bloß auf, fegt nicht mit dem Arm über eure Werkbank, sondern verkauft eure Aktien. Wer das immer noch nicht getan hat, kann seine Bankauszüge den Wanderhühnern überlassen, aber ich will euch nichts vorschreiben. Soeben erfahre ich, dass die Lexika sich gegenwärtig in den Händen eines dieser GVW befinden, das ist höchst unerfreulich. Als spontane Antwort schlage ich vor, wir begnügen uns mit dem *Großen Larousse des XIX. Jahrhunderts* in zwanzig Bänden, der bei weitem ausreicht, und stecken alle anderen in den Heizkessel, perfekt.

Wir spulen jetzt mit der Geschwindigkeit des Falken ab und segeln auf einen Horizont buchstäblich voller Hoffnungen zu.

Obwohl sich gerade ein Strohhalm in mein Werk geschlichen hat. Ich sehe, dass die Segel erschlaffen, vermutlich ist der Kessel mit Silizium verdreckt. Nein, ist er nicht, vielmehr überbringt man mir ein Briefchen von Land. Also, könnt ihr euch nicht denken, dass ich Wichtigeres zu tun habe, als meine private Korrespondenz zu sichten? Werft diesen Brief gleich ins Meer, kratzt mir den Kessel mit euren Bürsten sauber und packt ihn, zum Teufel, ordentlich voll. Was, wir haben kein Heidekraut mehr? Auch keine Wolle? Daran soll es nicht liegen, zieht euch aus und steckt eure Sachen in den Ofen, das wird schön bullern, wir hätten schon früher daran denken sollen. Nein, wenn es euch nichts ausmacht, mir macht es nichts aus. Zumal, wenn ihr nackt seid, ihr besser an euren linken Arm herankommt, perfekt, wir haben gewaltige Fortschritte gemacht, eure Rücken sind gerade aufgerichtet, die Ängste zerkleinert, die Röhrlinge ausgelesen, stapelt backbord alles auf einen großen Haufen. Seht, wie wir den entscheidenden Wahrheiten entgegeneilen, ohne uns von Bagatellen aufhalten zu lassen, wir sind dicht dran, nähern uns, stürzen uns darauf. Obwohl sich gerade ein Strohhalm in mein Werk schleicht.

Man fordert mich auf, die Maschinen zu stoppen, man beschwört mich, ihnen zuzuhören, man hätte mir eine Mitteilung auf hoher See zu machen *via* Wanderhuhn, das von seinen Bankgeschäften zurück sei. Ich hatte dieses Huhn (nennen wir es der größeren Klarheit und Menschlichkeit wegen H.) allerdings gebeten, uns Mozartmusik mitzubringen und nicht meine irdische Korrespondenz. Damit wurde H. nun schon zum zweiten Mal von seiner friedlichen Mission abgelenkt, was mir überhaupt nicht gefällt.

Man fragt mich, ob ich mich an alle Ereignisse erinnere, die uns widerfahren seien, seit wir die blaue Bucht verließen. Aber sicher erinnere ich mich, wir haben den Fluten getrotzt, Konzepte in Streifen geschnitten, sind ins Herz der Schnecke gekrochen, haben die Farbe Lila angemischt, Enten in Farbe gezeichnet, doch ehrlich gesagt, obwohl ich ja niemandem zu nahe treten will, ist dies jetzt der Augenblick, unsere Erinnerungen aufzuwärmen? Seht ihr nicht, dass ich alle Hände voll zu tun habe und wir auch noch unter Beschuss stehen?

Man teilt mir in diesem kleinen Schreiben mit, dass ich Gerüchten zufolge dabei sei, die Schiffsbesatzung zu demotivieren, dass ich zu viel redete, auf unanständige Weise die Unterhaltung an mich risse und meine Gefährten im Abenteuer frustrierte. Ich sehe nicht, was daran so empörend ist, und auch nicht, warum man mich mitten im Gefecht deswegen stören muss, es passiert mir in der Tat gelegentlich, mich ein bisschen zu erregen. Ist es wirklich angemessen, wegen eines so geringfügigen Vergehens unseren Elan zu bremsen?

Diesem verdammten Schreiben nach könnte man es meinen. Einige pflichtbewusste Leute (ich persönlich nenne sie Denunzianten) wollen beobachtet haben, ich hätte gedankenlos und ohne Ende herumschwadroniert, den anderen in tyrannischer Weise den Mund verboten, meine Gefährten härtesten Prüfungen sowohl in physischer als auch in seelischer Hinsicht ausgesetzt. Das sollte mich sehr von mir wundern. Doch streift ein Zweifel mich mit seinem Flügel. Sofort sende ich meiner Zwillingsschwester, die mir gegenüber in jeder Situation gerecht ist, *via airmail* eine Botschaft, sie antwortet mir wanderhuhnwendend und bestätigt den Vorwurf ziemlich unverblümt, wenn auch mit einer Spur Nachsicht. Und da mein Zwilling stets um mein Wohl besorgt und in Anbetracht ihrer zehn Minuten Vorsprung auch ein viel bedächtigerer Mensch ist als ihre Schwester, rät sie mir mit aller Sanftmut, mir die Lage an Bord unserer Triere doch einmal näher anzusehen für den bedauerlichen Fall, dass ich euch gegenüber tatsächlich die Grenzen überschritten hätte. Was ich, ehrlich gesagt, nicht glaube. Es ist reine Panikmache. Ich will gern zugeben, dass bei gemeinsamen Abenden mit Freunden meine Redeflut gelegentlich etwas ausufert, doch bestimmt nicht auf diesem Schiff, wo man seine Worte zügelt, wo es einen strikten Plan gibt und eine kollegiale Atmosphäre, in der man gleichberechtigt miteinander umgeht. Ich habe viel die alten Griechen gelesen, ich weiß, wie man eine Schiffsbesatzung führt. Ihr seid meine Zeugen, wie ich euch seit drei Tagen Punkt für Punkt und ohne jemals ins Schleudern zu geraten das Thema erläutere, wie durchdacht ich dabei vorgehe, mit der organisierten Logik der Kröte, in kurzen, kleinen Sätzen und sehr sachlich. Umso mehr verwundert mich das alles, die Sache scheint allmählich aberwitzige Dimensionen anzunehmen, ein Huhn nach dem anderen trifft bei mir ein mit einer Botschaft von Land. Und dabei bin ich im Leben, im gewöhnlichen Leben, meine ich, wenn ich nicht mit euch an Bord eines Schiffes auf hoher See unterwegs bin, ein sehr maßvoller Mensch. Ein kleiner Kommentar hier und da aus gutem Grund, und alles ist gesagt. Vielleicht hat eine listige Hand mir etwas in den Wein geschüttet, schon möglich. Es sei denn, es ist sogar eure Schuld, habt ihr daran schon mal gedacht? Dann seht euch an, in welch missliche Lage ihr mich bringt.

Dennoch, ein Zweifel streift mich. Ich kenne nur zwei Leute, die in der Lage sind, ohne Sinn und Verstand herumzuschwadronieren, und beide sind Schriftsteller. Das ist schon mal ein schlechtes Zeichen. Ich selbst habe solche halluzinierenden Autoren erlebt, die ohne Ende irgendwelches Zeug quasseln, gleichzeitig aber unfähig sind, vor Anker zu gehen, Leute, die euch sagen: *Fahrt mir diesen Kessel hoch und volle Kraft voraus,* ohne sich um die Ventile oder die Konsequenzen zu scheren. Bis diese Ventile sie unsanft beim Kragen packen und ihnen zuschreien: *Habt ihr den Verstand verloren oder was?* Mit solchen Scherzen können einem schnell mal tausend Gefährten auf einen Schlag hopsgehen. Wiederholt diesen Fehler fünfmal nacheinander, und euer Schiff ist entvölkert, ihr steht allein da mit eurem Redeschwall.

Ich sehe H. auf Deck, wie es lustlos vor sich hin pickt,

ziemlich betreten, weil es der Überbringer dieser irritierenden Nachrichten gewesen ist. Ich mag dieses Huhn. Apropos Hühner, da muss ich euch unbedingt von Mozart erzählen, das könnte für unsere Stehleitern von großem Interesse sein. Nein, ich muss es auf später verschieben, ich erhalte gerade ein wichtiges Telegramm.

Bleibt ganz ruhig, sage ich, zeichnet weiter an eurer Ente, es eilt überhaupt nicht, aber überlegen wir trotzdem. Man empfiehlt mir, doch mal die Schiffsbesatzung durchzugehen, kommt nicht in Frage, lehne ich ab, das ist ein Einschüchterungsversuch. Man will mir einreden, ich hätte zweihundertfünfzigtausend Weggenossen verloren, die sich mit mir auf der Triere eingeschifft hätten, um dem Samstag der Hoffnung entgegenzusegeln. Soll das ein Scherz sein? Mal im Ernst, haltet ihr das für möglich? Doch der Zweifel schlägt seine stählernen Klauen in meine Beredsamkeit.

Und ich sage, Vorsicht! Wir haben keine Beweise. Es ist vielleicht gar nicht meine Schuld, wenn zweihundertfünfzigtausend Gefährten im Abenteuer unsere Reihen verlassen haben. Vielleicht hat es mit dem Zeug zu tun, das man uns im Parc de la Villette in den Wein gekippt hat, erinnert euch, in welchem Zustand ihr selber wart, oder es war das Ding mit dem Kessel, der wegen dieses Spitzwegerichs fatalerweise ins Brodeln gekommen ist. Oder aber es ist eure Schuld, diese letzte Lösung sagt mir am meisten zu. Begreift ihr nun, wohin wir geraten sind mit eurem überbrodelnden Geschwätz? Ihr redet zu viel und sagt nichts, das ist Totalitarismus, mich habt ihr überhaupt nicht zu Wort kommen lassen, das Schiff driftet ab, das Ergebnis sehen wir. So, ihr habt andere Lösungen vorzuschlagen, ich ahnte es, seit Tagen schon bemerke ich, wie argwöhnisch und aufsässig ihr seid. Also, ich höre. Seht, wie gelassen ich bin und offen für alle Vorschläge. Ich warte auf eure Anregungen.

Ihr werft mir wüstes Drauflosreden vor? Ein aufbrausendes Wesen? Besessenheit?

Das sind Unterstellungen, für die ihr allein geradestehen müsst. Zeugen gibt es nicht, und Beweise habt ihr nicht. Genauso wenig wie wir den Kerl ausfindig gemacht haben, der etwas in den Wein gemischt oder mir erbarmungslos befohlen hat, zum Wohle der Menschheit ein Schiff zu chartern. Ich habe den Eindruck, der Typ ist nicht sehr komisch.

Der Teufel? Macht ihr Witze? Also bitte, bewahren wir einen kühlen Kopf, jetzt ist nicht der Augenblick, weitere Katastrophen heraufzubeschwören und auch noch in Mystik zu verfallen.

Ah, ihr habt einen Zeugen, dass ist was anderes. *Drei* Zeugen sogar? Ich frage mich, ob ihr die Situation nicht ein bisschen ausnutzt, aber gut, ich bin sehr für Gerechtigkeit, sie sollen hereinkommen. Ich werde mir ihr Urteil anhören. Ihr seht, ich bleibe ganz ruhig auf meiner Ruderbank sitzen und verliere auch unter diesen geradezu johannischen Umständen nicht die Beherrschung (seht nicht so gebannt auf diesen Prozess, schaut lieber mal im *Großen Larousse* nach, das Wort »johannisch« bedeutet: alles, was sich auf Jeanne d'Arc bezieht, der Gerichtshof, die Stimmen, der Feuertod, dieser ganze Zirkus. Nein, nicht Patella – *Pucelle,* die Jungfrau, beides hat nichts miteinander zu tun, Himmelsakrament, was wisst ihr bloß über Geschichte). Ah, ihr wünscht, dass ich die Zeugen anhöre, schon gut, ich lasse das Rudern sein, ich schweige, ich höre zu, ich bin ganz Ohr mit meinen symmetrisch auf beiden Seiten des Kopfes sitzenden Ohren. Ich schweige, ich höre das Urteil an.

Ich hätte zu viel geredet.

Ah, sehr gut. Ich allein? Seid ihr sicher? Und niemand sonst wäre zu Wort gekommen? Tagelang? Seid ihr euch wirklich dessen bewusst, was ihr da behauptet? Nun, wenn ihr sicher seid, ist das was anderes.

Dann ab mit euch über Bord samt Rettungsring. Nein? Vereidigte Zeugen stößt man nicht ins Wasser? Ah, das wusste ich nicht, hat mir niemand gesagt.

Seid ihr wirklich überzeugt, dass niemand etwas in den Wein gemischt hat? Auch nicht, indem er unbemerkt seinen Ring öffnete?

Wenn ihr davon überzeugt seid, ist das was anderes, dann will ich mich nicht beschweren. Zurück auf die Ruderbänke und legt euch in die Riemen, wir haben durch diesen johannischen Prozess enorm viel Zeit verloren. Ach so? Es ist verboten, einen vereidigten Zeugen zum Rudern anzustellen? Gut, darüber war ich nicht informiert.

Und das Urteil? Es ist meine Schuld? Ich habe zu viel geredet? Blindlings drauflos? Ich habe Schindluder getrieben mit meinen Worten? Und mit euren Ohren? *Ein Jahr Umerziehung? Obendrein mit der Verpflichtung nachzudenken?* Ihr scherzt, nehme ich an.

Nein, ihr scherzt nicht, so lautet das Gesetz, nun gut, ich beuge mich. Zumal H. mir gerade ein Briefchen von meiner Schwester überbringt, worin sie sich durchaus nicht gegen *Eine Minute Nachdenken, ja sogar zwei* ausspricht. Als Künstlerin hat sie von Natur aus immer recht, ihr glaube ich blind, respektieren wir sie.

Das Feuer im Kessel droht auszugehen, wir schleichen nur noch so dahin, das ist normal. Die Meuterei wütet in unseren Reihen, dieses johannische Urteil hat mich schon ein wenig niedergeschmettert, alle wollen gleichzeitig reden, man versteht sein eigenes Wort nicht mehr. Es sieht so aus, als ob ich auf keinerlei mildernde Umstände hoffen darf, auch nicht auf einen (Achtung, Durchzug von gleichzeitig drei Konzepten: Leere der Wörter, Tyrannei der Rede, Bedeutungslosigkeit der Übertreibung, seid so nett und reicht mir mal eure Sirupflasche). Dabei schien mir, als wären wir bald am Ziel. Doch jetzt verstehe ich besser, warum wir nur noch achtzehn Leute an Bord sind. Ich hatte mich doch gefragt, wieso unsere Kampfstärke sich dermaßen reduziert hat. Das wird jetzt klar. Alles ist in dieser Akte festgehalten, die sie mir zum Ende des Prozesses ausgehändigt haben: Mahlstrom-Effekt des Wortes, Überschreiten der Angemessenheitsgrenze, Blockierung des Widerhalls. So was vergraule die willigsten Mitstreiter, heißt es in dieser Akte. Dennoch muss ich sagen, dass ihr auch nicht sehr widerstandsfähig seid.

Ja, ich weiß, sie haben vereidigte Zeugen. Ich habe pausenlos geredet, ich habe meine Schiffsbesatzung verloren, hört auf, mir das ständig zu wiederholen, meine Stimmung ist ohnehin schon auf Halbmast. Und wir haben Donnerstag und fast 17 Uhr. Wir segeln dem Sieg entgegen. Der Befriedung der Welt. Das Scheitern des Unternehmens zeichnet sich geradlinig vor uns ab. Zum Glück habt ihr still und leise einhundertvierzehn Konzepte geschluckt, das tröstet mich, so ist doch nicht alles verloren. Und glaubt mir, die werden euch noch von Nutzen sein.

Es ist natürlich auch eure Schuld, ich klage ja niemanden an, aber es gehören immer zwei dazu, wenn ein Paar zerbricht. Ihr hättet mir ins Wort fallen sollen, mit der Faust auf das Dollbord schlagen, an den Masten rütteln, die Sicherheitsschleusen schließen sollen, die Normen der Normalität anwenden und auf die Formen der Konformität pochen sollen (jaja, habe ich schon bemerkt, schmeißt mir diese Stilblüten ins Meer), den Kerl daran hindern sollen, sein Zeugs in den Wein zu schütten. Doch ihr habt es nicht getan. Oder aber ich habe nichts gehört. Statt an Deck Napfschneckenpastete zu bereiten, das Kupfer zu putzen und bei jedem Zwischenstopp das Weite zu suchen, hättet ihr besser verfolgen sollen, was da vor sich ging, und mir die Dinge in aller Klarheit, aber auch mit ein wenig Feingefühl darlegen sollen. Dann hättet ihr mir diese Ordnungsrufe von Land und diesen diffamierenden Prozess erspart. Ich hätte meine Zwillingsschwester nicht in Verlegenheit gebracht, was ich euch besonders übelnehme, daran hättet ihr denken sollen. Was, es geschieht mir ganz recht? Nun wiederholt euch nicht pausenlos, ich hatte euch doch inständig gebeten, eure Vorwürfe in der Tiefsee zu versenken. Ich sehe euren FW in der Sonne glänzen, wenigstens das ist ein Trost.

Das Schiff wird langsamer, man fordert mich auf, in den Hafen zurückzukehren. Räumt mir den verdammten Kessel leer, refft die Segel, zurrt die Taue fest, werft den Anker aus. Holt das Großsegel ein. Kappt die Masten.

So werdet ihr also die Fortsetzung dieser Geschichten von Liebe und Krieg nicht erfahren, aber was soll ich machen, ein drakonisches Diktat ist wie ein dicker Kuhfladen auf dem Deck unserer blitzsauberen Triere aufgeschlagen und hat alles mit seiner klebrigen Masse besudelt. Packt mir den Frachtraum mit Sprengstoff voll, rettet eure Napfschnecken, ich spüre, dass ihr an ihnen hängt. Sucht eure Sachen zusammen, schnappt euch vor allem euer TI und euren FW, konzentriert euch und vergesst auch eure Binokulare und eure linken Hände nicht auf den Ruderbänken. Schmeißt alle überflüssigen Wörter über Bord, so lauten die Befehle, es liegen noch Tausende auf Deck herum, so kann man uns leicht orten. Werft die unnützen ins Meer, hebt die nützlichen in einem kleinen Steintopf auf. Sagt mir nicht, ihr wüsstet nicht zu unterscheiden zwischen *unnützen* und *nützlichen* Wörtern, sonst stürze ich mich aus dem Rettungsboot. Ihr braucht nur die Prozessakten zu lesen, da steht alles drin. Natürlich weiß ich den Unterschied mit seinen einhundertzweiundvierzig Kriterien. Ein Beispiel? Meint ihr, dass jetzt der Augenblick für Beispiele ist? Nun gut, ich will euch im kleinen Kreis gern eins zuflüstern, aber das ist das letzte Mal. Ich greife mir wahllos zwei Wörter von Deck. Wenn ihr die Sache von ihrer dorsalen Seite betrachtet, werdet ihr feststellen, dass das unnütze Wort ein Anhängsel hat, genannt »Haken«, über das man lachen muss, während das nützliche Wort kein solches besitzt. Legt euch unbemerkt ein Karteikärtchen an. Selbstverständlich ist Lachen etwas Lebensnotwendiges und darum grundsätzlich von Nutzen, sowohl nach dem Ende von Kriegen als auch damit die Liebe nicht stirbt, aber das erwähnen sie in den Akten nicht, sie scheinen von der Sache nicht viel zu verstehen, schluckt euren Einwand hinunter. Ein zweites Beispiel? Dann dreht das Objekt um und betrachtet es von den Füßen her, und ihr werdet bemerken, dass das unnütze Wort aus einem schwammigen, porösen Gewebe besteht, dass hervorragend belüftet werden kann, während das nützliche Wort aus kompakter Materie gebildet ist. Nun aber ist Belüftung das A und O des Freien Willens, doch davon scheinen sie in dem Dossier nichts zu wissen. Nun steht ihr ratlos und mit hängenden Armen da, ihr könnt zwischen dem Nützlichen und dem Unnützen schon gar nicht mehr unterscheiden, ihr watet in den zweideutigen Normen der Konformität herum, hört auf. Lasst das Sortieren sein, ihr werdet euch in Widersprüchen verfangen, das kann sehr schmerzhaft sein. Lasst alles, wie es ist, auf Deck liegen.

Wir sind nur noch vier, diese Triere erscheint mir plötzlich unverhältnismäßig groß. Mit Worten allein bewegt man die nie von der Stelle, da braucht es Leute. Ohne Leute sind wir aufgeschmissen (Durchzug des Konzepts *Man selbst und die anderen,* gebt mir mal die Flasche mit der Mandelmilch, verdammt, ihr seht doch, dass ich sie brauche. Es ist keine Mandelmilch? Es ist Napfschneckensirup? Das ist mir völlig egal, glaubt ihr, bei solchen Details halte ich mich noch auf?). Ich mache euch darauf aufmerksam, dass die vom Prozess bereits nervös werden, sie wollen uns zum Festland schleppen.

Einverstanden, lassen wir das Rettungsboot zu Wasser, das reicht bei weitem aus. Wir sind übrigens nur noch zu zweit. Ich und ein mir unbekannter Typ. An diesem Punkt frage ich mich, ob man das noch einen kleinen Kreis nennt. Gehen wir an Bord. Ich nehme H. mit und heimlich auch den *Großen Larousse des XIX. Jahrhunderts* in zwanzig Bänden, der voller unnützer Wörter steckt. Ich glaube, H. ist die Trostgesandte meiner Zwillingsschwester. Wer allerdings dieser Typ ist, weiß ich überhaupt nicht. Also rudern wir. Richtung Land.

Wir haben das Schiff auf hoher See in die Luft gejagt, das Zeug flog bis in den Himmel, sah recht hübsch aus, muss ich zugeben. Doch ich habe mir jeden lyrischen Kommentar verkniffen, ich ahnte, dass das meinem Bootsgefährten nicht gefallen würde. Ich fühle mich ihm gegenüber gehemmt. Ich frage mich, ob er nicht überhaupt im Tribunal saß. Als Richter vielleicht? In dem Fall sollte ich lieber keinen Blödsinn reden.

Ziemlich spät sind wir im Hafen von Levallois an Land gegangen, und ich habe versucht, meinen Gefährten des Zufalls zu bewegen, in einer Hafenkneipe ein Glas mit mir zu trinken und die aufgelösten Armeen wieder zu sammeln. Aber da war nichts zu machen, ein absolut unbestechlicher Mensch, er hat mir ganz schön den Marsch geblasen, da am Quai. Hausarrest, sozusagen. Es ist Nacht, und wir sitzen einander gegenüber im Boot. H. kauert zwischen meinen Füßen. Ich habe Heidekrauttee gebrüht von einem Rest, den ich mir von der Lieferung in Edinburgh aufgespart hatte (wenn ich daran denke, was für ein Abenteuer). Ich bin fast sicher, dass ich diesen Typen noch nie gesehen habe, ich verstehe überhaupt nicht, was der da will. Er sieht mich starr an, mich und meinen Faden. Wie wär's, wenn wir H. zeichnen würden, so zu Beginn dieser kleinen Soirée? Nein, er verlangt, dass ich ihm erzähle, wie die Geschichte mit dem Knäuel ausgeht. Ist der verrückt oder was? Hat er das Urteil nicht gelesen? Ach so, ich verstehe, er will schon, dass ich es abwickle, aber *sachlich, sinnvoll*, von wegen der *Umerziehung*. Kein Wort zu viel, Schuster, bleib bei deinen Leisten. Ich verstehe.

Verrückt, ich merke, dass ich mit euch rede, als wenn ihr noch da wärt, wie zu der Zeit, als wir mit wehenden Haaren auf der Triere der Hoffnung segelten und ihr in die Hände gespuckt habt und wie die Irren gerudert seid. Während ich doch ganz allein diesem unnachgiebigen Typen gegenübersitze, der nicht mal eine Napfschnecke in seinen Tee tun und keine einzige Ente zeichnen will. Keiner dieser Tricks zieht bei ihm. Ihr ahnt, was das für ein Mensch ist. Mit euch habe ich mich viel mehr amüsiert, wenn euch das tröstet. Aber so lautet das Urteil, ich nehme es an, ich bin in der Umerziehung, ich habe zu viel geredet, so steht es im Prozessprotokoll.

Wir sind hier nicht mehr, um uns zu entspannen, das jedenfalls steht fest.

Der Typ will die Fortsetzung der Geschichte, er verlangt, dass ich ihr einen Sinn gebe. Er beunruhigt mich irgendwie, er hat exakt den strengen Gesichtsausdruck eines Kerls, der einen Auftrag hat (bloß welchen, mein Gott). Den Ausdruck eines Kerls, der sich einbildet, über Konzepte zu verfügen und sie mir andrehen zu wollen, ihr versteht, was ich meine, und solche Leute kann ich nicht ausstehen. Er ermittelt, er fragt mich, was ich im Sinn gehabt hätte mit euren Ohren? Ob es ein Experiment gewesen sei? Ob es mich amüsiert hätte? Er ist ätzend, dieser Mensch, eisig, er spricht in knappen Sätzen, ohne mehr als das Nötigste zu sagen, er klebt förmlich an seinem Thema, überhaupt nicht mein Stil. Er sagt, ich machte zu viele Noten, was man Mozart vorgeworfen habe, aber ich sei nicht Mozart, und das stimmt. Wenn er die Antworten auf seine Fragen gleich selber gibt, soll er doch allein klarkommen, ich gehe dann mal.

Ach so, das darf ich nicht. Ah, sehr gut, wusste ich nicht.

Wenn ich verpflichtet bin zu bleiben, dann ist das etwas ganz anderes. Ihr, ihr habt gemeutert, ihr seid abgehauen, ich werfe keinen Stein auf euch. Aber ihr seht, wohin eure Meuterei mich gebracht hat, ich bin nun buchstäblich diesem Inquisitor ausgeliefert. Er verlangt eine Abwicklung des Knäuels mit so wenig Noten wie möglich, kein Schlingern, kein Ausufern, kurz gefasst, nüchtern, vernünftig, wir warten nicht mehr auf Samstagmorgen und die Sonne von Austerlitz, lass diesen ganzen Quark beiseite.

Ist euch was aufgefallen? Jetzt duzt der Typ mich schon, als wenn wir gemeinsam Napfschnecken gehütet hätten, das darf doch nicht wahr sein. Ich vermute, es ist ein Einschüchterungsmanöver, was meint ihr? Habt ihr bemerkt, dass ich euch nach eurer Meinung frage? Vielleicht sind das die ersten Erfolge der Umerziehung, schade, dass ihr nicht mehr da seid, um es zu genießen. Wir werden tun, was er sagt, wir werden ihm von den Weltproblemen erzählen, er soll sehen, aus welchem Holz wir geschnitzt sind, aus Eiche nämlich, aus Esche, nicht aus Spitzwegerich. Nein, er unterbricht mich schon, bevor ich überhaupt angefangen habe, ich vermute, das gehört zur Therapie. Es sei sinnlos, erklärt er mir, dass ich ihm irgendwelchen Unsinn erzähle, er wisse, dass ich den Schlüssel für die Sorgen dieser Erde nicht besitze. Woher hat der Typ seine Informationen? Woher weiß er so ein Detail? Wer hat mich verraten? Ich etwa? Ich erlebe gerade eine sehr unangenehme Viertelstunde, um es freundlich auszudrücken, warum nur habt ihr mich mit ihm allein gelassen? Angeblich habe niemand die Schlüssel zur Welt. Typisches Argument der Unnachgiebigen und Scharfsichtigen, der Realisten, die alle Hoffnungen mit der Pumpgun zerschießen, mit solchen Ansichten kommt man nie voran, lasst euch das von mir gesagt sein. Das ist schmählicher Defätismus, damit sind wir schon fast beim hellsichtigen Zynismus der superschlauen Intellektuellen. Zum Teufel mit dieser desillusionierten Sophisterei, dagegen kann man nur schweres Geschütz auffahren, packt mir den Kessel voll, refft das Großsegel und volle Kraft voraus.

Voll daneben. Verweis, Erinnerung an das Urteil, er schätzt meine Entgleisung überhaupt nicht.

Ich finde das alles gar nicht mehr lustig. Ihr auch nicht, seht ihr. Wie wollt ihr Revolution machen, sowohl was die Liebe als auch den Krieg und *tutti quanti* angeht, wenn ihr euch dabei nicht mehr amüsiert? Eine düstere, maßvolle Revolution ohne ein bisschen

Musik im Hintergrund, was wäre das schon, frage ich euch. Ein *Krötenmarsch*, genau, ihr nehmt mir das Wort aus dem Munde, ihr seid schneller als ich. Großer Gott, erst jetzt wacht ihr auf? Hättet ihr euch nicht früher hochrappeln können?

Achtung, Vorsicht, er ruft mich zur Ordnung, ich soll mich an knappe, adäquate und sachliche Aussagen halten. Wasser und trocken Brot, diskutiert wird nicht mehr, revoltiert auch nicht, spuck aus, was du zu sagen, wir werden sehen, ob man zwei vernünftige Gedanken daraus entnehmen kann. H. äußert sich missbilligend über den Unbekannten, es findet, er nimmt den Mund ein bisschen sehr voll. Mir kommt eine Idee, es ist noch nicht alles verloren, ich fasse wieder Mut, dank H., dank euch, seitdem ihr aufgewacht seid, lieber spät als gar nicht. Ich werde ihn mit dem Lateintrick plattmachen, ich hatte auf der Triere keine Gelegenheit mehr, euch den vorzuführen, ihr habt zu früh gemeutert. Ja, ich weiß, es ist meine Schuld und eure auch, aber ich erinnere euch an die berühmte Milde des Kaisers Augustus, also lassen wir diese Fehlerdiskussion erst mal sein.

Erinnert ihr euch noch an die Sache mit der Beschimpfung und ihrer Verzögerung? An meinen Rat, auf morgen zu verschieben, was ihr heute beschimpfen wolltet, um eure Konflikte in der Liebe wie im Krieg zu entschärfen? Ich flehe euch an, erinnert euch! Sagt mir nicht, dass ihr alles vergessen habt, ich habe nur noch euch. Doch, ihr erinnert euch, ich sehe es in euren Augen, danke, in euren Napfschnecken leuchtet es auf. Aufschieben, das ist gut und schön, aber wenn man es nicht *kann*? Wenn die Wut wie glühende Lava in euch hochsteigt und auf unmittelbare Entladung drängt, ohne dass da ein gleichzeitiges anderes Gefühl wäre? Ich weiß den Trick, gebt mir nur eine Minute, lasst mich nicht allein mit diesem integren Typen. Also, ihr müsst eure Schmähung einfach auf Lateinisch raushauen. Ich schreibe euch den Satz fein säuberlich auf, lernt ihn auswendig, das ist eine Sache von wenigen Sekunden: *Quo usque tandem abutere, Catilina, patientia nostra?* (*Wie lange, Kretin, wirst du uns noch auf die Nerven gehen?*) Der Beschimpfte wird auf der Stelle gebremst, er kapiert nichts, und wenn er nichts kapiert, kann er auch nichts erwidern. Ergebnis: Er ist aus der Fassung gebracht, Schweigen, nichts läuft mehr wie vorgesehen, Ratlosigkeit des Beschimpften, Abbruch der Szene, Vorhang. Was einem Verzögerungseffekt gleichkommt, die Situation wird aufgefangen, das Schlimmste verhindert. Und das gilt ebenso für den Krieg wie für die Liebe, schreibt euch das hinter die Ohren. Für den Fall, dass euer Beschimpfter ein superschlauer Gelehrter ist, schmuggele ich euch noch einen weniger bekannten Satz zu: *Quam diu etiam furor iste tuus nos eludet?* (*Wie lange willst du uns mit deiner Raserei noch auf den Geist gehen?*) Oder auch, falls ihr an mehreren Fronten zu kämpfen habt: *Quem ad finem sese effrenata jactabit audacia?* (*Wann hörst du endlich auf, diesen Scheiß zu verzapfen?*)

Habt ihr das gecheckt? Ich kenne Leute, die schon mit Geringerem eine Liebe gerettet haben. Und da der Satz nun wirklich beleidigend ist, seid ihr gleichzeitig erleichtert und verhärtet euch nicht vor Bitterkeit. Ist doch einfach und sehr praktisch, oder? Durch einen Verzögerungseffekt, also einen kleinen Betrug, erreicht ihr fast so etwas wie das Prinzip Gleichzeitigkeit, mithin erspare ich euch Ärger. Ihr seht, ich erzähle nicht nur haarsträubenden Unsinn, denn mit diesem Trick gewinnt ihr auf allen Ebenen. Ich fühle, ihr seht das genauso, ich weiß euch hinter mir, mit eurer Wärme ohne jeden Groll, ja sogar einer Spur Mitleid mit mir in diesen schweren Stunden (nein, zur Mystikerin werde ich deswegen nicht, ich weiß, dass ihr nicht in Gestalt stiller Ektoplasmen über dem Boot schwebt, ihr könnt ganz beruhigt sein, zeichnet weiter eure Enten, sie werden von Mal zu Mal schöner, origineller, lyrischer, sie fliegen zur Sonne auf, ihr habt große Fortschritte gemacht).

Dass der Typ diese Geschichte mit dem Latein nicht sonderlich geschätzt hat, wäre untertrieben, er findet sie einfach grotesk. Mit einer unhöflichen Geste unterbricht er mich. Dennoch ist er erst mal weggegangen, um sich einen Sirup einzugießen, ich frage mich, ob ihn vielleicht ein kleines Konzept gestreift hat. Oder aber es ist dieser Heidekrauttee, der ihm nicht bekommen ist, immerhin war das zunächst ja mal Treibstoff. Wie kann man auch so blöd sein, bei einem wildfremden Menschen das Erstbeste zu trinken.

Wie? Ihr findet, dass ich zu langsam spreche? Aber das tue ich doch mit Absicht, mein Gott, es wird in den Prozessakten von mir verlangt. Ich gebe mir Mühe, ich befolge die Anweisung, ich habe Fehler begangen, ich zahle dafür. Trotzdem rede ich zu langsam? In zu kurzen, zu klaren, zu sachlichen Sätzen? Viel weniger erholsamen als früher? Und die Geschichte mit dem Latein sei gar nicht so komisch? Ihr findet, wir hätten keinen Spaß mehr? In der Tat, wir haben keinen Spaß mehr, das steht auch nicht mehr auf der Tagesordnung, die Stimmung ist total umgeschlagen, man sieht, ihr sitzt diesem Typen nicht gegenüber. Das sei nicht euer Problem, sagt ihr.

Also, wir sollten uns mal über einiges verständigen.

Ihr alle habt das Schiff verlassen, müde, angewidert, zugemüllt von meinem Gequatsche. Und vielleicht hattet ihr recht, ich bemühe mich nach Kräften, euch zu verstehen. Dann sagt mir aber jetzt nicht, dass ihr euch langweilt, wo ich gerade auf dem besten Weg in ein entsagungsvolles und mönchisches, sparsames und sinnvolles Dasein bin. Das ist so paradox, dass ich mich glatt aus dem Bullauge stürzen könnte (halt, übertreiben wir nicht, wir haben versprochen, sachlich zu werden, versuchen wir uns daran zu halten). Ich will weder Heidekraut noch gepressten Spitzwegerich noch sonst irgendwelchen Treibstoff mehr, um den Heizkessel zum Bullern zu bringen. Führt mich nicht in Versuchung, packt eure Ware ein, sonst fängt alles wieder von vorn an, und *danach* werdet ihr es bedauern. Ich aber habe kein Recht dazu. Ich habe haushoch übertrieben, dafür zahle ich. Immerhin gibt es einen Gerichtsbeschluss, respektiert ihn bitte. Versteht endlich, dass dieser Missionar kein Spaßvogel ist. Ihr scheint euch nicht darüber im Klaren zu sein, dass die Angelegenheit mit unserem Schiff der Hoffnung noch weiter, sehr viel weiter reicht, es sieht so aus, als haben wir alle unsere Grenzen überschritten, als sollten wir ganz und gar wieder bei null anfangen, nachdenken und die Klappe halten. Eine üble Lage.

Ich weiß nicht mal, ob ich die Geschichte von dem Jungen-Mann-im-Krieg, die wir leider nicht mehr auf hoher See abspulen konnten, überhaupt noch anbringen kann, eine ebenso gehaltvolle Geschichte wie die von Boniface. Nein, er findet, von diesem Boniface hat jeder nun die Nase voll.

Aber wo sind wir hier eigentlich? Im Knast? In der Ausnüchterungszelle?

Er will erst mal wissen, ob die Geschichte von dem Jungen-Mann-im-Krieg wahr ist. Lügen käme nicht mehr in Frage, absolut ausgeschlossen. Er sagt, niemand habe auch nur eine Sekunde geglaubt, dass ich mich tatsächlich mit Pascal unterhalten hätte, das sei einfach lächerlich gewesen.

Aber was kann ihm das ausmachen? Wo sind wir hier? In einer Psycho-Schocktherapie? In einer Reha-Experimentierzelle? Wenn es mir Spaß macht, ein bisschen mit Blaise zu plaudern, was geht ihn das an? Soweit ich weiß, tu ich niemandem damit weh. Nein, dieser Mensch ist kein bloßer Umerzieher, er ist etwas viel Bedrohlicheres. Lasst mich nicht allein mit ihm. Ich sage das und muss lachen: Ich bin nicht allein, ich habe ja H. Und hinter H. meine Zwillingsschwester. Also, ihr seht.

Natürlich ist die Geschichte wahr, es geht um einen jungen Mann. Einen Serben. Es kommt zum Krieg. Ich hoffe, ihr bemerkt, wie realistisch ich sein kann, wie pragmatisch. Der junge Mann will nicht töten. Von allen Seiten brüllt es: *Nieder mit dem Feind!* Ich spare meine Worte, aber wir haben keine Wahl, wir sind nicht mehr unser eigener Herr, das Schiff gehört uns nicht mehr. Der junge Mann fürchtet, er könnte mit einstimmen in dieses Gebrüll. Punkt. Er geht in seinen Keller runter, um es nicht mehr zu hören. Seine Mutter bringt ihm zu essen. Punkt. Erst am Ende des Krieges kommt er wieder heraus. Punkt, aus. Das war eine schöne Geschichte, wir haben sie vollkommen versaut. Und uns gelangweilt. Auf unserer Triere, das kann ich euch garantieren, wäre das was ganz anderes gewesen. Wir hätten darüber diskutiert, wie ansteckend kriegerische Begeisterung sein kann, hätten über den FW des jungen Serben in seinem Kellerloch gesprochen, über seine gleichzeitigen Gefühlsausbrüche, über seinen Mut, sich zu drücken, es wäre einfach grandios gewesen. Wohingegen hier – nichts.

Ihm aber hat es gefallen. Knapp und bündig, wahrheitsgetreu, instruktiv, ohne belangloses Geschwätz drumherum oder irgendeine Abschweifung. Streng authentisch, ohne Hokuspokus, so gefällt es ihm. Hätte man wetten können, allmählich kriegen wir eine Vorstellung von dem Kerl. Allerdings tut er sich noch Zucker in seinen Sirup, solche kleinen Dinge fallen mir auf. Ich schlage ihm vor, Napfschnecken sammeln zu gehen. Nein, immer noch nicht. Eine Ente zu zeichnen? Gott bewahre. Wäre ja auch zu schön. Er will arbeiten, sonst nichts. Auf seine Weise. So will er von mir wissen, ob ich mit dem Thema Liebe zu Ende gekommen wäre. Natürlich nicht. Unter uns gesagt, die Sache mit dem Melborp hat ihm überhaupt nicht geschmeckt. Was mich auch sehr gewundert hätte. Ich glaube sogar, das war's, was er am meisten gehasst hat. Er ist dagegen. Seiner Ansicht nach steht es den Leuten frei, zu tun, was sie wollen, ich hätte mich nicht in ihre Angelegenheiten zu mischen, weder was Liebe noch was Violett oder Leiter oder sonst was angeht. Man errät, dass dieser Zisterziensermönch sich noch nie mit so was wie Liebesproblemen herumschlagen musste, er hat offenbar noch nie einen Rat gebraucht oder Durst in der Wüste gehabt, er gehört zu der Sorte Mensch, die fähig wäre, vier Jahre lang auf einer Säule zu stehen und Fliegen zu fressen. Will sagen, so einer ist nicht sonderlich sensibel. Selbst als wir noch auf unserer Triere die Weltmeere unsicher machten (was für ein Abenteuer, großer Gott, wenn ich daran zurückdenke), ging es uns besser als in dieser verfluchten Ausnüchterungszelle, bei allen Feuerungsproblemen, die wir damals hatten. Wisst ihr noch? Was haben wir gelacht, als wir das Embargo der neunmalklugen Ökonomen gebrochen haben, indem wir Spitzwegerich verfeuerten und die Marssegel refften, um voranzukommen.

Aber den Kerl interessiert das nicht, es betrifft ihn nicht einmal. Er ist nicht sehr kooperativ. Viel weniger als ihr. Ja, ich vermisse euch, euren Skeptizismus, eure Gefühlsausbrüche, eure Bierflaschen, eure Revolten, eure wechselnden Launen, eure Sexorgien, eure Disziplinlosigkeit, eure Schusselköpfe und *tutti quanti.* Wir haben uns doch gar nicht so schlecht amüsiert, als wir mit Macht durch die Roaring Forties durch sind. Und als wir uns auf bloße Sicht mit den 250 angelegt haben. Wisst ihr noch, was die für ein Gesicht gemacht haben? Welch ein Abenteuer, weiß Gott, ich vermisse euch wirklich sehr. Und als der Maschinist über Bord gegangen ist?

Den hier sollte ich auch über Bord gehen lassen? Ist es das, was ihr mir sagen wollt? Ihr seid ja verrückt, ich glaube, ihr habt es immer noch nicht recht begriffen, der hier ist im Boot festgeschraubt, als gehörte er zur Ausstattung. Wer ist dieser Vollidiot bloß?

Ist er vielleicht mein Gewissen? Also, wenn der mein Gewissen ist, dann darf ich nicht weiter so herumalbern. Wir sollten ihn alle gemeinsam auflockern, er ist total verkrampft. Nennen wir ihn G. für den Fall, dass ich richtig geraten habe. Ich werde mit ihm über Mozart reden, das wird ihn bestimmt entspannen. Wir hatten ja schon auf Deck damit angefangen, als wir dummerweise unterbrochen wurden. Er sagt, warum nicht, spuck aus, was du zu sagen hast. G. wiederholt sich gern, ein weiterer Hinweis, dass er bestimmt ein Gewissen ist. Also Mozart, so heißt es, bringt Hühner zum Eierlegen. Seine Musik soll eine euphorisierende Substanz enthalten. Nein, nichts Patellenähnliches, etwas anderes, viel Komplizierteres als Napfschnecken. So etwas zu wissen schien mir interessant. Aber die Geschichte sagt ihm nicht zu, er will Beweise und keine Gerüchte. Unser Bild von dem Mann nimmt immer konkretere Züge an, er ist sehr hellhörig, verzeichnet den geringsten Verstoß. Er verlangt ein konkretes Beispiel, was diesen seltsamen Mix aus Musik und Hühnerverhalten angeht. Na wunderbar, ich stehle ihm eins von einem Freund (nein, nicht jenem einen, auch nicht dem anderen, einem dritten):

Dieser Freund befand sich an einem zerstörten Ort, der von beiden verfeindeten Seiten Tag und Nacht unter Beschuss lag. Es ist eine wahre Geschichte, sie spielt im Krieg, es war im Libanon.

G. bedeutet mir fortzufahren. Eine neue Erkenntnis für uns: Er wartet, bevor er urteilt. Er ist also tatsächlich ein Gewissen, das steht jetzt fest. Und ich fürchte sogar, er ist meins, was hätte er sonst hier zu suchen? In *meinem* Boot? Er scheint sich hier auszukennen, scheint sich sehr wohlzufühlen, trinkt die Flasche aus, nimmt sich Zucker, Honig, ohne um Erlaubnis zu fragen, weder ein Dankeschön noch ein Guten Tag noch sonst was. Forschen wir weiter, bleibt bei mir. Ich soll ihm die Geschichte in kurzen, klaren Sätzen erzählen, ich weiß, wir werden uns langweilen, aber G. zu erzürnen, können wir uns nicht leisten.

Es war Krieg. Dieser mein Freund hört die Rolling Stones grölen. Stand nur noch kleines Haus auf dem Platz, Bewohner nicht geflohen, *wegen seiner Hühner.* Aber die Hühner legten nicht mehr, wegen Krach, Maschinenpistolen. (Stellt euch nur mal kurz vor, was wir auf der odysseischen Triere aus dieser Geschichte gemacht hätten, ein regelrechtes Feuerwerk. Während wir uns hier langweilen. Obwohl das Sujet einfach großartig ist, aber reinweg vergeudet.) Alter Mann besaß Rolling-Stones-Platte, noch lauter als Detonationen. Hatte aber nur die eine, legte sie den ganzen Tag auf: Hennen legten (legte/legten – was machen wir nur mit diesen leidigen Schnitzern?). Woraus folgt: Musik fördert Eierlegen, Maschinenpistolen stören Ausgeglichenheit. Wir haben die Geschichte schlichtweg vergeudet, es regt mich richtig auf. Aber ihm sagt sie zu, sie ist knapp und bündig, und sie ist wahr, alle haben die Idee nun verstanden, damit hören wir auf, kein überflüssiger Kommentar mehr.

G. ist eine totale Nervensäge. Es ist der letzte noch fehlende Beweis: Dass er ein Gewissen ist, das wussten wir. Aber jetzt steht fest, dass er mein Gewissen ist, denn er ist eine totale Nervensäge. Alles deutet darauf hin. Und ich sage euch, seit ich ihn beobachte, registriere ich, dass sein TI geradezu unangreifbar ist. Ach, ich hätte euch so viele Dinge zu sagen. Ich würde euch gern von der Härte des Alltags erzählen und wie man sie mildern kann, ich würde euch gern vom Sein und vom Scheinen erzählen und vom Wasser auf der Haut, vom zu Unrecht verachteten Gemüse, außer der Tomate, ich weiß, aber die Tomate ist kein Gemüse, sondern eine Frucht, Herrgott, seht bloß mal auf euren Karteikärtchen nach, von der Liebe, vom

Neandertaler, von den Ameisen und den Wohltaten der zu Unrecht verschrienen Lüge.

Er ist gegen die Lüge. Ganz eindeutig, da spricht mein Gewissen.

Ich gehe ihm auf den Geist. Erinnert ihr euch, wie wir auf der Triere im kleinen Kreis miteinander plauderten? Bevor mein Gewissen mich fatalerweise einholte und mir diesen Prozess aufhalste? Haben wir uns nicht gut amüsiert an der Villette, als ihr noch Zehntausend wart und dort in den Anlagen machtet, was ihr wolltet? Und als ich eingeschlafen bin und es nicht hätte tun dürfen? Wie Siebentausend von euch auch? War das ein Spaß.

Sein Geschmack ist das nicht. Ich wünschte, ihr könntet sein Gesicht sehen, wirklich schade, dass ihr abgehauen seid. Aber wenn ihr nicht gegangen wärt, wäre er nicht hier, man kann nicht beides gleichzeitig haben. Entweder ihr oder er. Ich kenne den Typ. Ich kenne ihn auswendig. So einer wie der ist in der Lage, eine Party zu sprengen, der kann euch wegen ein paar Verhaltensfehlern für drei Wochen die Stimmung vermiesen und wegen einer Handvoll Utopisten mitten auf dem Meer das Schiff in die Luft jagen. Da kennt er gar nichts. Bleibt bei mir. Wir werden uns mal ein bisschen entspannen, da wir ja nun wissen, woran wir bei ihm sind. Wir werden ihm von den unermesslichen Tugenden der Langsamkeit, des Nichtstuns, der Nutzlosigkeit erzählen, damit reizen wir ihn ein bisschen. Außerdem ist die Geschichte wahr, sie handelt von meinem Sohn: einem kleinen Jungen, der zwischen den Beinen seines Vaters auf einem Kieselstrand hockt. Es ist Winter, es gibt nichts zu sehen, keine einzige Möwe, keinen Spaziergänger, nichts. Nach einer Stunde erhebt sich sein Vater, da sagt der Junge zu ihm: »Warte, ich hab noch nicht alles gesehen.«

G. ist nicht sehr begeistert, er schlägt einen lauteren Ton an, bezichtigt mich kategorisch der Selbstgefälligkeit: poetischer Quatsch sei das, Träumerei, Gefasel, zu nichts zu gebrauchen, kein Thema, keine Konzeption, keine Konklusion, ein einziger Brei, ich bluffte die Leute mit verschwommenen Andeutungen, täuschte sie mit verlöschenden Bildern, überlistete sie mit Unvollendetem, der bequemsten Lösung, Komfort des Nicht-Gesagten, des Nicht-zu-Ende-Geführten, alles Schwachsinn, Pappmaché, wertloses Material, Amateurarbeit das Ganze. Grober Betrug.

Ich wusste es, ich hatte nichts anderes von ihm erwartet.

Stellt euch nur mal eine Sekunde vor, was wir auf der Triere aus dieser Anekdote gemacht hätten ohne dieses Pfaffengesicht vor uns, das einem jeden Spaß vergällt? Wir hätten sie unter Fanfarenklängen großzügig ausgeschmückt, unter großem Tamtam darüber reflektiert, wir hätten Metaphern gesponnen und die klügsten Dings – Ideen daraus abgeleitet. Und dann hätten wir, beflügelt von unserem unschlagbaren Elan, sämtliche Fäden unseres Werks miteinander verknüpft, das Ganze in einem kurzen Abriss zusammengefasst, um ihm schnell noch so etwas wie eine innere Einheit zu geben, wir hätten unsere Leitern unfallsicher aufgestellt und ein gewaltiges Fest veranstaltet, genau bevor, da ja ein Ding das andere nach sich zieht, genau bevor an einem von roten Sonnen überflammten Samstag die Morgenröte der Menschheit aufgegangen wäre.

Habt ihr bemerkt, wie gleichmütig er diesen ungebührlichen Wortschwall über sich ergehen lässt, verstockt wie ein Stein, was beweist, dass er ihm missfällt, ja ihn geradezu anwidert?

So ist er eben, mein G.

Triere des Sieges, Weisheit der Erkenntnisse, von Konzepten gesättigt, Looping zwischen dem unendlich Kleinen und Großen, wir haben alles an uns gerissen, nichts haben wir ausgelassen, Nagel um

Nagel sind wir von Dach zu Dach gesprungen, von Stern zu Stern, die Sache war klar, Ankunft, Frieden, Brot, Patellen, Melborps. Das alles in nur fünf Tagen Arbeit. Hochseilakrobatik, Musik, Wissen und Leidenschaft, Hoffnung und Experiment, die vier Reiter der … ihr wisst schon, wir ritten geradewegs auf sie zu. Und da musste dieser Typ aufkreuzen, mitten im schönsten Schwung hat er uns die Beine weggehauen. Er versteht absolut nichts, er nennt das alles pure Hochstapelei. Ein Dogmatiker, ein Korinthenkacker.

Er ist gegangen, was für eine Erlösung! Endlich kann man wieder atmen, man erstickt ja hier geradezu. Wenn ich sage »gegangen«, dann mache ich mir allerdings keine Illusionen. Dieser intolerante Kerl wird mir immer auf den Fersen bleiben. Bei der ersten Abweichung habe ich ihn wieder auf dem Hals, darauf kann ich mich verlassen. Von wegen Schiffe chartern, um einer Utopie entgegenzusegeln, ein bisschen ins Schlingern geraten, sich irgendwas erzählen, sich für irgendwen halten, alles nicht mehr drin. Schade, denn wir haben uns echt amüsiert. Erinnert ihr euch noch, wie das gestunken hat auf Deck, als wir die Schafe aus Edinburgh verbrannten? Und als ihr ausgerechnet in den Windungen des Schneckengehäuses rebellieren musstet? Erinnert ihr euch? Was haben wir gelacht.

Er nicht. Er ist ein ganz Scharfer, Redlicher. Ein Dogmatiker des Authentischen, ein Fanatiker des reinen Denkens, in der Wolle gefärbt, mit der Spitzhacke aus dem Steinbruch des menschlichen Gehirns herausgeschlagen. Er ist ein Gegner jedes Kunstgriffs, überall wittert er Betrug, er ist ein Besessener, ein ewiger Richter, ein Blödmann.

Da hilft kein Jammern, und auch wenn ich meinen Frust an euch auslasse, werde ich den Kerl nicht los. Den schleppe ich mein Leben lang mit mir herum. Okay, er ist ein Korinthenkacker, aber vergesst trotzdem nicht, er ist mein eigenes Gewissen, ein bisschen Respekt also, dreht eure Zunge siebenmal.

Und doch sehe ich eine Hoffnung, eine leichte Brise lässt die Segel flattern. Wenn wir richtig rechnen, hat G. immerhin drei Tage gebraucht, um mitzukriegen, dass wir ihm auf einer utopischen Triere durch die Lappen gegangen sind. G. ist folglich ziemlich langsam, wir dagegen sind schlau, schnell und raffiniert. Für zweiundsiebzig Stunden können wir ihn täuschen. Das ist schon mal enorm. Mit einem Luftschiff oder auch mit einem etwas leistungsstärkeren Heizkessel könnten wir da ganz schön weit kommen. Wir hätten die Zeit, jede Menge Präzepte, Perzepte und Patellen auszutauschen, haufenweise Konzepte und Kalmare zu schlucken, Errungenschaften wiederzubeleben und Wörter mit Cuttern aus dem Lexikon herauszuschneiden, bevor er dahinterkäme, dass seine Gefangenen auf und davon sind. Wir würden uns auch noch weitere Listen ausdenken. Wir würden Treibstoff in unseren Schuhsohlen verstecken. Wir würden Flugblätter unter der Hand weitergeben, *G. ist Puritaner, am Ende gar noch Veganer?* Und erinnert ihr euch noch, wie ihr das ganze Brennholz aufgegessen habt?

Drei Tage haben wir, um uns unter seinen Augen davonzustehlen, drei volle Tage, oder vier, wenn wir zügig laufen, fünf, wenn wir rennen. Nachts werden wir losgehen, auf Zehenspitzen. Wir werden Kaffee trinken in Cafés, ohne uns um Stilfragen zu kümmern, wir werden simultan denken, wir werden Enten zeichnen, auch Hühner und ihnen Mozart auflegen, wir werden der Morgenröte der Menschheit (rot bei Sonnenuntergang, rot bei ihrem Aufgang) wie auch eurer hellsichtigen Glückseligkeit entgegeneilen, wir werden Leitern zimmern, wir werden Farben mischen, wir werden unaufhörlich reden.

Ihr auch. Na, gut.

Und wir werden was zu lachen haben. Ich sage euch Bescheid, sobald das Schiff zum Auslaufen bereit ist. Ich lasse euch unter der Hand ein Flugblatt zukommen. Wir werden drei Milliarden sein plus ein Mann. Eine gewaltige Triere mit siebenhundert Ruderbänken. Wir werden in unsere Hände spucken, wir werden Erfindungen erfinden, Treibholz sammeln und Schwämme, wir alle werden Melborps entwickeln, wir werden linke Hände haben, phantastische Lieben, vergessen wir die nicht, nein, wir vergessen sie nicht, packt sie mit in eure Rucksäcke.

Ich verlasse euch, G. kommt zurück, er wittert etwas. Ich halte die Klappe, tue, als ob nichts wäre, und entspanne mich. Vergesst das Flugblatt nicht: *Triere sticht in See, der Nachbar weiß es eh.*